U0676180

心情如诗

XINQING RUSHI

王 飙 著

江西教育出版社
JIANGXI EDUCATION PUBLISHING HOUSE

图书在版编目（ＣＩＰ）数据

心情如诗 / 王飙著. -- 南昌 ： 江西教育出版社，
2015.7（2019.7 重印）
（悦读文库）
ISBN 978-7-5392-8222-0

Ⅰ. ①心… Ⅱ. ①王… Ⅲ. ①散文集－中国－当代
Ⅳ. ①I267

中国版本图书馆CIP数据核字(2015)第189190号

悦读文库
心情如诗
XINQING RUSHI
王飙/著

江西教育出版社出版
（南昌市抚河北路291号　邮编：330008）
各地新华书店经销
日照教科印刷有限公司
710毫米×1000毫米　16开本　13印张　字数165千字
2015年9月第1版　2019年7月第2次印刷　印数10000 册
ISBN 978-7-5392-8222-0
定价：26.00 元

赣教版图书如有印制质量问题，请向我社调换　电话：0791-86710427
投稿邮箱：JXJYCBS@163.com　来稿电话：0791-86705643
网址：http://www.jxeph.com

赣版权登字-02-2015-502

目 录

第三辑
生活永远值得我们期待

第一辑

静之韵

静之韵

水静而鉴，火静而朗，心静而慧！

静，是一把打开悟门的钥匙；悟，是心灵睁开的一双明澈的眼睛。通过这双眼睛，我们就能洞悉人情世事的幽微，发现森罗万象的美丽；有了这扇开启的悟门，我们便可觉知造化命运的归始，参透人生机缘的妙谛……

然而，浮躁常夺静境，喧嚣总乱心情；纷争带来烦忧，滥斗让人焦愁；攀比往往积郁，嫉妒引火自煎。天恒鲜灿，地恒葱蔚，人恒秀灵，若走不出物欲的牵绊，功利的诱惑，恩怨的纠结，爱恨的缠绕，那么，我们便享受不到风轻云淡的恬谧，山岚水漪的逸趣，情草爱花的浪漫……唯有拥有一颗宁静之心的人，才能活得超脱和怡然，这就是为什么智者常常抱月自醉、仁者往往拥水而弹的缘由。

静，是人的心魂与宇宙通灵的唯一甬道，有了这个甬道，我们才能进入天人合一的化境，才能感知心灵小宇宙、宇宙大心灵的真趣。诗人，能通过这个甬道，把万物之美变成燃烧的诗行；画家，能通过这个甬道，淋漓尽致地展现自然之美的精髓；音乐家，能通过这个甬道，把大自然的天籁之音变成绝妙的音符；科学家，能通过这个甬道，找到宇宙的奥秘；哲学家，能通过这个甬道，得到造化的圣启；即使普通的人，通过这个甬道，也能感受到心灵融于自然的诗意和禅味。

静，是心灵之海上的那片蔚蓝，因为没有狂风巨浪的喧嚣，你便可以

放任思维的帆船，在生机勃勃的海洋里捕捞智慧的珍珠。

静，是心灵的过滤器，它能从纷繁中滤掉愚污，从而还生活以清纯的本质；它能从浑浊中滤除杂质，从而尽得生命的气韵之曼美！

爱之韵

凡是沐浴在爱河里的灵魂，他的生命之树一定会因为痛饮了爱的汁液而挺拔丰盈，叶间必然盛开着激情浪漫的花朵，枝上必将挂满快乐幸福的果实。

爱，会让你成为一个诗人，你能在月亮上看到情人的眼睛，能在鲜花中看到情人的笑容，能在清风里听到情人的窃窃私语，能在流水中看到情人倒映的身影，能在细雨里感受到情人的柔婉，能在树林里感受到情人轻盈的脚步声……

爱，会让你成为一个演奏家，你能在岁月的琴弦上，把生活之曲弹奏得精妙绝伦，挥洒自如；把事业之歌弹拨得有声有色，超尘拔俗。你只有一个期待，就是渴望自己奏响的旋律，能像浩荡的春风一样舒展着情人的生命，能像汀滢的春水一样滋润着情人的心灵。

爱，会让你成为一个哲学家，你能赋予痛苦以诗意，能赋予无奈以希冀，能赋予相思以慰藉，能赋予现实以梦幻，能赋予等待以时韵。寂寞的时候，你的心中能触摸到情人的温暖；孤独的时候，你的灵魂会陶醉于情人的缠绵；分别的日子里，牵挂如钩，会钓起你心海里无数的灵感之鱼，从而让你能为情人做出一道道诗与歌的精神美餐。

爱，会让你成为一个神灵的崇拜者，你那颗原本平静的心，却因为爱上了一个人而变得敏感和脆弱。情人的一个微笑，能让你热血沸腾；情人的戚然一瞥，又会让你怅然若失。你常常悄声地向维纳斯祈祷："爱神啊，请让我们两颗跳动的心，携手于相知相怜的主旋律中舞蹈吧，直到永远！"

爱，是我们生命中的一个不朽的传奇，是我们人生岁月里的一个永恒的故事。这传奇中常常有着千古姻缘的佳话，这故事里往往有着感天动地的情节。也许，我们生得平平凡凡，但是，却挡不住我们会爱得轰轰烈烈！爱之花绽放了，她永远是我们生命中的美丽！

永远都不要亵渎爱，因为爱是心灵的宗教，是生命鲜活的证明，是点燃智慧的火种，不管你是爱着，还是爱过，你的生命岁月都会因爱而不再苍白，你的人生经历也因爱而丰满和充实！

悟之韵

畅然神通气爽、快哉心空涣灿者，唯一个"悟"字而已！悟，虽类直觉，却总能直透物象事理的灵魂。

求索者常常心游万仞，魂骛八方，就是为了能寻觅到悟的身影，享受到她带来的福音。

悟之精妙，虽然能让人心领神会，陶然自醉，但却喜意内蕴，难以口授言传。如果以象喻之，则悟，是思之藤上乍然绽放的花朵，是悱之雾中顿然呈现的灵光，是惑之途上豁然迷解的朗彻，是昧之晦中刹那焕耀的闪电……

所以，当我们久困迷网的时候，一旦心头悟门顿开，那登时袭入胸臆

的妙觉，便会如醍醐灌顶般地痛快淋漓。

如果智慧是我们生命天空里运化生机的皓日，那么，悟，便因为是冲破黑暗初升的朝阳，所以，其艳美鲜丽，才倍显动人心魄。

悟性人皆有之，虽源于天然，却往往困于固执俗顽，从而使悟之鸟深因于心笼之中，难以展翅；一旦她冲破羁束，便将在我们的精神世界里，自由地翱翔，自在地歌唱，自如地挥洒。

悟，虽有顿渐之分，却无格韵的高下；顿悟者，悟如破壳而出的幼蛇，需经过一次次的蜕变，方能抱得灵珠而成龙；渐修者，悟似爬山的旅人，只要进取不辍，必将登峰造极，大器晚成，尽阅天下美景致境。

博物多学是识，格物明理是知，悟是心炉，唯有经过这炉火的升炼，才能化知识为智慧；拥有了智慧，我们便能从容地开拓非凡的人生，洒脱地拥有创意的生活。

深掘得水，深思常悟，水能滋润生命，悟能丰盈精神。所以，心灵的悟境若现，生命的勃勃生气，也必将如奔腾的江涛滚滚而来！

变之韵

变，是宇宙之歌的主调，大化演进的灵魂；从远古鸿蒙未辟的一团混沌，到现在天清气朗的一片锦绣，自然看似无为，却依着自己变的节奏，悄然化出日月星辰的灿烂，山野川泽的美曼。

所以，变，既是一首永恒的自然之诗，更是一支铿锵的生命之曲，我们的成长，便是一个在求变与顺变之中迎接一个个挑战的过程，而生命的意义就在于这样的过程之中。

　　求变，就是把"变"当成一条通往生命大美的甬道，通过这条甬道来寻求生命之势的不断发展，寻求精神之境的不断提升。从本质上来说，我们每一个人来到世上，都是同样的平凡，唯有踏着梦想之途不断奋斗和进取的人，才能在不断超越自我的变化中，走向卓越或伟大。任何一个人，一旦失去了积极求变的渴望和追求，他的生命便成了一个不再有水源补充的湖泊，其活力和生机，也在不断地蒸发中渐渐枯竭……

　　顺变，就是把"变"当成一块磨砻生命之剑的砺石，顺势求进，顺其自然之理以成就非凡的自我；顺变如水，流之向下，低处而平，看似不争、无为，却能成就自己的烟波浩渺、洋洋洒洒的态势。顺，是一种智慧，是一种迂回的韬略，不是让我们一味地顺从于命运的蹂躏，妥协于厄难的摧残，而是让我们通过"变"的历练，以铸就我们柔而不可曲、刚而不可折、仁而不可犯、信而不可欺的卓越之魂……

　　变，乃千端万化归始，知道积极求变的人生，必然是充满创意的人生；知道应时顺变的人生，一定是充满智慧的人生。大化如琴，变衍如曲，只要我们怀着积极进取的阳光心态，就一定能弹奏好自我生命的美奂乐章！

自 励

　　人就是这样的一种动物，往往要不断地自我激励，才能持之以恒地坚守住那个渴望铸梦成真的自我。因为来自别人的激励，虽然弥足珍贵，但却极其稀少，所以，自励便如充足的阳光、丰沛的雨露一样，能使梦之花艳丽绽放，能让梦之果成熟飘香。

很多人都知道半个世纪前张爱玲曾说的那句话："成名要趁早。"然而，能像她那样在青春年少之时，才华之花便如火如荼地盛开的人，能有几个？所以，绝大部分的追求者，都只能像登山者一样，坚持着一步步地提升自我，才能最后站在高处，一览无限的风光；当然，坚持，需要一种支撑着自己绝不向命运低头的精神力量，而这力量正是来于心灵深处富有想象力的自我激励。

说实话，我也曾经把张爱玲的话视作过圭臬，无奈自己天性愚拙，哪里挡得住后来者居上的脚步？你看人家都已花开烂漫了，可自己的枝上花蕾依然还是没有醒绽的意味；人家的树上都果实累累了，自己的枝上还都是青纽儿呢；所以，在羡慕之余，我总是激励自己说："你是晚熟的果子，当然要吸纳更多的阳光和营养，才能收获别人不可比拟的丰硕和馨香！"

在我的心目中，最牛的自励者，当数范质。他生于五代十国的乱世，却读书不辍；后来，通过科举在朝中谋得一职，已经衣食无虑，依然手不释卷，有人对他说："你工作都有了，何必还要那么辛苦地读书呢？"范质答道："有善于看相的人，说我日后能位至宰相。我觉得这是有可能的，现在不努力学习，以求上进，一旦到了辅佐天子治理天下的位子上，我将以何智何能而处之呢？"你看人家范质，竟拿"日后的宰相"以自励，多么的激奋人心啊！你说在这种心境下读书求进，还有何苦可言呢？后来，人家还真成了后周和大宋的两朝宰相呢！

当然，范质在不断的自励中牛了一把，这已经是尘埃落定的历史了，至于咱这"晚熟的果子"，现在还挂在枝头，命运还在风雨中飘摇着呢。曾有朋友问我："什么时候能尝到你这个晚熟果子的香甜啊？"我说："呵呵，当成熟期到来的时候，自会与你分享，要有耐心等待哟！"

山水

李白的灵性再好，若不是得到了山水的润泽，恐怕他也难以成为豪迈千古的诗仙；苏轼的才气再高，若不是得到了山水的氤氲，恐怕他也难以写出超逸绝尘的辞章；人的胸怀里，如果有了峰峙岳连的磅礴大气，有了江涌川流的浩渺空远，那么，他的灵魂中，必然盈溢着鲜活的智慧，翔逸着诗意的浪漫……

读书可以开人慧眼，读大块文章可以开人天眼；大块文章者，乃是指天地之大美也。书读多了，虽可增人识见，但总是脱不去书卷气，唯有天地间的峥嵘万象，妙宇奇境，方可拓人胸臆，达人心魂，脱人俗气，焕人浩态。所以，有人说："再穷也要去旅行，当你的心像音符一样，跳动在大自然的琴弦上的时候，你才能真正感受到生命之曲的曼妙，才能悟透生命之歌的真义！"

在官场里混久了，难免会被升迁黜陟、宠疏荣辱，弄得心焦力瘁、神魂缭乱，如果你能抛却眼前的得失，到大自然的怀抱里，登上峰巅，去遥望一眼风清烟净的空旷；荡舟江川，去享受一番风光月霁的激滟，那么，朗润的山水，一定能洗去你灵魂里的铅华，冷却你胸中因欲望而狂燃的炽心，还你一片宁静。

在商战中争久了，必然会被尔虞我诈、钩心斗角，弄得焦头烂额、寝食不安，如果你愿意远离金钱的诱惑，还性灵一段本真，那么，就去听听山风的歌唱，流水的低吟；就去看看大漠的风烟，草原的苍茫；踏上冰

川，去感受青山因过高而白头的缘由；走过沙漠，去体味大海在悠悠岁月里的沧桑变迁……悟得了自然蕴含的诗韵禅意，就明白该怎样来享受自己的人生。

在楼房林立的城市里待久了，人的心灵就会变得像缩水的苹果一样干瘪绉巴，生命也会因此而失去勃勃的生机。如果我们愿意去痛饮山泉的澄冽、湖泊的甘甜，愿意去饱览幽谷的苍翠、林莽的娇绿，那么，我们必将重拾生命的鲜活灵动，重获心灵的激情浪漫……

胸有美曼山水，人则神采飞扬；凡得山水之境者，必然心清气朗。造化悲悯，万物有灵，得其氤润者，一定卓越拔俗，智慧超凡，胸臆旷达，志趣高远；不唯李白、苏轼能借山水的灵韵花开笔端，你我亦能凭山水的浸育成就人生的非凡！

智慧之源

人生在世，谁不渴望成为一个拥有智慧的人呢？因为拥有了智慧，我们便能洞明世事，练达人情，进退随心，俯仰从容。那么，我们怎样才能成为这样的人呢？

一个禅师对他的弟子说："智慧，是禅修者必须打造的一把金钥匙，只有它，才能打开那扇让我们得以悟道明心的大门；拥有了智慧，我们心灵的天空，才能清澄明澈，一片祥和宁静。"

弟子问："怎样打造智慧的金钥匙呢？"

禅师说："拥有一颗谦虚卑恭之心，这既是一枝开在你生命中的智慧花朵，又是你能够获得智慧的源泉，你的姿态放低了，虚怀若谷，宇宙的大智慧，自然会慢慢地充盈其间！"

禅师的话，不能不让人想起最富有中华民族智慧的《易经》，其中六十四卦中，唯有谦卦，六爻皆吉；我们的祖先深深地懂得，因为谦虚者，卑以自牧，和以慈恕，海纳百川，胸藏天地，故能得万物之长，万事之益，万人之智，秀润其内而又不张扬于外；所以，唯这样能涵玉空谷、虚怀处世之人，生命中才有着能成为人间卓越者的蕙质，心灵里才有着如泉而涌的助其成就伟业丰功的不尽的智慧！

众所周知，犹太人也是世界上最珍视智慧的民族之一，在他们中间，流传着这样的一个故事：有一个很成功的商人，但其为人处世却非常低调，尤其喜欢和拉比（犹太人的教师或智者）交朋友，乐于接受他们的教诲。一个拉比向他祝福道："你的谦逊，就像一条水量丰沛的河流，愿你和你的子子孙孙所拥有的智慧，就像生长在这河边的果树一样，永远盛开着美丽的花朵，枝上缀满馨香的果实！"

多么美好的祝福啊！因为拥有了智慧的人们，便可以永远地过着富足而又快乐的生活。所以，愿谦卑成为每个人心灵世界里的一条丰沛的河流吧，在她的润泽之下，我们的智慧之树将不断地成长，并永远的郁郁长青，花美果鲜！

心之歌

岁月悠悠，天地苍茫，在永恒的宇宙之琴上，我们一颗颗跳动的心，虽说不过只是一个个微不足道的音符，但是，造化悲悯，却让她奏着一首首富有灵性的生命之歌，让她奏出一支支充满激情的渴望之曲……

因为每一颗心都是梦想的渊薮，所以，她知道以怎样的笔触来描绘未来命运最美的蓝图，知道以怎样的智慧来实现和超越自我，知道以怎样的姿态摆脱卑俗和成就卓越。

因为每一颗心都是诗花的园囿，所以，她渴望采撷山川的灵气为这花朵润泽，渴望收取日月的精华为这花朵增色，渴望获得龙涎的芳馥以增这花朵的香郁。

因为每一颗心都是爱恋的源泉，所以，她知道要以欣赏才能换来赞美，以热情才能得到关注，以宽容才能赢取理解；你有春的情怀，必能得到繁花似锦的回报；你有海的胸襟，必能创造千帆竞发的景象；你有月的柔美，万物定会向你挥洒诗意的光芒……

心的韵律若与自然的节奏合拍，那么，我们的生命，便是一朵盛放的清莲，受着碧波的慰藉，流溢着无尽的美曼！

幸福

幸福，是酿自丰富心灵里的蜜，是开在大气灵魂中的花！

幸福，是辉耀的希望之灯洒在人生之途上的光芒，行进在这样的光芒里，不管前路有多少的坎坷和曲折，我们的心灵都能感受到诗与歌的慰藉。

幸福，是我们心灵的素指在岁月的琴弦上弹响的感恩之曲，假如这个世界我们不曾来过，哪里能享受到阳光和云雨的美丽？哪里能在情与爱的旋律中尽情地舒展自己？

幸福，是一种没有偶像崇拜的心灵的宗教，她存在于你痛饮的每一滴水中，存在于映入你眼帘的每株小草上，存在于你遇到的每一个人的缘分里，存在于你渴望成就的每一个梦想的追求中……幸福无边，生活本身就是她的殿堂。

幸福，是以自己的起点为坐标，不断地欣赏着自己对故我的超越；不断地坚持锻炼，你就会拥有一个强健而又充满鲜活生命力的身体；不断地奋斗求索，你就会拥有一个幸福而又充满旺盛创造欲的灵魂。

幸福，是把我们的过去当作已经积累的财富，把我们的未来当作尚待开发的宝藏，把我们的当下当作上天恩赐的一杯香浓味醇的美酒，可以捧在手中尽情地享受，慢慢地啜饮。因为酿入这酒中的，有清风明月的自在，有诗韵书香的畅想，有情曲爱歌的唱和，有铸梦酬愿的向往……

幸福，就是在生命的原野里，按照自己的意志，去耕耘、播种、守望和收获；就是在生活的海洋中，驾着自己的理想之舟，去成就自己能够成就的命运；就是在人生的岁月里，以一颗谦卑之心，去体悟世间的一切自己能够历阅的风流和境遇，因为谦卑是一切智慧之源，而智慧又常常带给我们一份能悟得万物之妙缔的欣悦和快感。

幸福，就是我们即使生于充满忧患的俗世之中，也能拥有一颗不被忧患所系、不被俗事所困的旷达不羁之心，正如古人所说，善游者忘水，善乐者忘机。而一个太精明、太苛察、太会算计、太注重结果的人，无论如何，他也幸福不起来，因为他有太多的东西放不下，有太多的事情绕不开，有太多的牵绊挣不脱。

幸福，是来自褪尽铅华后的本然，是来自脱掉粉饰后的泰然，是来自不被物欲功利缠绕的恬然，是来自胸有峰岳逐梦飞的奋然，是来自万物有灵、天人合一的自然，是来自身心无挂碍、随处任方圆的超然。

心理学家说，快乐是一种心情，幸福是一种境界，心情往往容易被外在的东西所左右，而境界则是精神修养所达到的一个卓然不惑的高度。历经了世事的沧桑之后，云门悟得："日日是好日"；雪窦禅师也因而

颂道："在好日子里，福祥氤氲的山河大地，映现的本来面貌就是我们自己！"拥有了这样的境界，人生处处怎会不是一幅幅幸福的风景画呢？

生命天韵

置身于葳蕤苍郁、生机勃发的大自然中，我们能从叶的菁翠中感受到生命的激情，能从花的芳菲中感受到生命的浪漫，能从果的馨香中感受到生命的充实；碧草柔韧，阳光里婆娑着妍妙的舞姿；青树坚实，流风中挥洒着秀朗的逸韵。

居住于原莽山连、江横海涌的蔚蓝色的星球上，我们能从鸟的飞翔上感受到生命的矫捷，能从兽的驰奔中感受到生命的雄健，能从鱼的游弋里感受到生命的鲜活；莺歌燕舞，空气里回荡着爱的音符；虎跑鲸潜，日月下彰显着力的美曼……

天地之间，人乃万物的灵长，宇宙的精华。我们可以超越本能地去选择自己的命运，以决定一生的平凡或卓越；我们可以超越世俗传统而选择特立独行，去过自己喜欢的生活；我们可以像一朵小花，悄然地安享岁月的静美；我们也可以像一只苍鹰，扇动翅膀去享受穿云破雾的豪荡；我们可以超脱如梦蝶的庄周，把灵魂融入自然，像江河中漫游的泥龟一样逍遥自在地活着，也可以激情如发奋蹈厉的孔子，以明知不可为而为之的心态，来成就胸中伟大的理想和展现非凡的意志；我们可以像一个怀着平常心的禅者，在世俗生活的点点滴滴之中，感悟生命的美丽和静心的快乐，也可以像思接宇宙、神夺造化的老子，以水一样圆融的智慧和不争、无为的谦卑，去探索阴阳的消长、有无的相生、刚柔的理势……

万物有灵，人更秀拔；所以，我们跳动的心，能感受到自然的节律；我们自由的魂，能触摸到造化的脉动；我们的智慧，是奔腾的江河，能载着我们理想的帆船，驶向自己渴望的远方；我们的思悟，是一把万能的金钥匙，能为我们的心灵，打开一扇扇窥知物质和精神世界玄奥的大门……

生命天韵，人类占尽了其中的风流；所以，生而为人，何憾之有？

简洁是美的灵魂

简洁是一切美的灵魂，犹如夏日的青莲，花开几瓣，或粉或白，却妍恣脱俗，雅致天然。

简洁的友情如诗。三五知己，志趣相合，或临溪而作赋，或登高而望远，或泼墨以寄兴，或抚弦以抒怀；饱含一段为友的山情水韵的美曼，不失一片为谊的畅心快意的舒展；吟咏唱和，相激相励；有朋若此，岂不快哉！

简洁的爱情如歌。两心相印，两意相和；月下惜惜怜怜，花前卿卿我我；莫问前生姻缘，休管来世因果，你爱我爱，便是今生福祚；浪漫天地间，激情燃心窝；难得心有灵犀，最贵千里相悦；眼中有你花无色，梦里有我慰寂寞；只在乎彼此的温存情怀，不羡慕天宫中神侣仙伴。

简洁的生活如禅。不求大富大贵，但愿舒心安然；渴时有茶饮，饿了有素餐；有酒何须醉，有书已半仙；安步当车任逍遥，困乏之处对月眠；不必高朋满座，一两知音语暄；静中神思如风，动时剑飞魂凝；胸藏喜容光自焕，身常健体魄自雄；琴棋诗画，川泽山皋；寄情四艺，养心自有道；属意山水，养生无须药；创意迭出增欣乐，智慧泽润消烦恼；眉宇少

戚，大口多笑；花开无语自菲菲，生命有涯当超超。

简单之韵

简单的灵魂，是质朴；简单的内涵，是本真；简单的皈依，是智慧！

道家的一句"返璞归真"，曾让多少深陷于虚华幻境中的灵魂，得还了清澄明澈的性天；禅者的一句"平常心是道"，又让多少煎熬于炽盛机心的迷者，找回了宠辱不惊的坦然。人生如旅，轻装简行，反而能享受到更多的美景，走过更远的路程。

简单，不是无知者无所畏惧的鲁莽行事；简单，恰恰是智慧者最能切中事物命脉的终极选择。虽说世事纷纭，但却万法归一。透过现象，抓住本质，便能剥茧抽丝，复始归源；拥有了一双能洞悉大千世界的慧眼，便拥有了一种能以不变而应万变的从容心态。所以，庄子说，大智慧者，气闲神安；以简入道，任性自然；不被物役，不以境悲，不争、无为，卓然立世；而小聪明者，情矫思繁；心细如丝，智巧灼人；无大无小，锱铢必较，欲火自煎，抱恨常怨。

渴望内心丰盈者，往往活得简单率真，自在充实；喜欢向外索取者，常常陷入纷乱复杂的境地，难以自拔。成就大事者，知道删繁就简，取舍自如，得其要，倍其功，故能成其大；而蝇营狗苟者，总是名利当头，患得患失，迷其性，失其衡，故难脱烦忧。

大道至简，大美天然。心地愈单纯，便愈能感受到云卷云舒的自在；生活愈简单，便愈能享受到无挂无碍的轻松；欲求愈简单，便愈能拥有日日是好日子的心境；追梦愈简单，便愈能成就人间的卓越和非凡；做人愈简单，便愈能得到人生大情趣的快乐；处世愈简单，便愈能享受到和谐融洽的友情、亲情和爱情的慰藉……

我们的灵魂简单了，就会像朗日皓月，照彻我们生活的天地；我们的人生简单了，就会像气韵生动的水墨国画，疏朗有致的几笔，便能透出我们雄逸秀拔的精神！

活着

应该说每一棵树都比我们更清楚：怎样活着，才能尽情地享受美好的岁月之诗，才能尽兴地展现自己风光无限的曼妙之姿！

一

那一天，在黄山，一棵悬挂在断崖上的高不盈尺、躯干弯曲成"U"形的小松树，极其惹人注目，仿佛一阵风吹过，它就将落入万丈深渊。然而，一个在此休息的背夫告诉我："这棵粗不及杯口的松树，你不要看它小，它已经有了上百年的树龄，并且，它还有一个非常好听的名字'倒挂金钟'。如果你注意看的话，就会发现，它的根就紧紧地钳在那石缝之中，因为要长满缝隙才不致于脱落，所以，它的根部有些地方，比树身还粗哪！"

虽说黄山是一个较宜于松树生长的地方，但是，被命运抛在如此的危境之中，甚至连生存最基本的条件——土壤都没有的悬岩上，它却奇迹般地把自己经营成了一道美妙的风景。只要看看它的根，我们就会知道它有

多么的聪明；只要看看它摇曳的姿态，就会知道它活得是多么惬意！

活着，就是一道极美的风景！

二

宁夏的沙湖，位于腾格里沙漠之中。在那里游览时，一棵生长在绵延沙海里的小树引起了我极大的好奇，因为它的一条暴露的根，竟然一直向沙湖的方向伸展着，伸展着，足有一里多，一直伸展到离湖水还有一二百米的一座沙山里，我想，这根，一定会穿越沙山，直达湖底。一棵只有一人来高的小树，为了能在阳光里快乐地舞蹈，要经营这样的一条根，需要多少耐心和毅力啊！要经营这样的一条根，又是多么费时费力的浩大工程啊！

沙漠，本是不适宜于生存的地方，但是，这棵小树它能选择自己的命运吗？一粒幼弱的种子发芽了，它知道在这样的地方，要享受生命的时光，什么才是最重要的！它餐风饮露，凭着生命的本能，让自己的根向着有水的方向，一点点地推进着，推进着……虽然那长长的根吸过来的水有限，但是，它足以靠这点水在茫茫的沙海里擎起一面绿色的旗帜！

活着，就是一首生命的诗。

三

在塔克拉玛干大沙漠的腹地，我终于发现了胡杨树能够生存下来的秘密。

当我踏过一个个松软的沙丘，慢慢地走近一株胡杨的时候，看到胡杨挺立的地方，竟然是一座被层层密如渔网般的树根紧紧包裹的小山，这座小山在这沙海之中，稳如磐石，任凭狂风掀起黄沙漫漫，却丝毫也掏不出小山下的一颗沙粒，动摇不了胡杨半点的根基！

多么聪明的物种啊，正是它发达的根系，成就了它英雄之树的美名啊！

活着，就能成就一种精神。

四

从某种意义上来说，我们的生命，与充满自然灵性的树木相比，并没有本质的差别！

当我们在不断地抱怨生活、抱怨命运的时候，树，却在默默地经营着自己的根，因为它们知道，活着，就是一场生命的盛宴，不管是置身于绝境，还是生长在沃野；不管是立足于茫茫的沙漠，还是濒临于浩渺的水畔，活着，就是用阳光的音符，在风的琴弦上奏响的一支生命之曲；活着，就是蘸着岁月之墨，在蔚蓝色的地球上创作的一首激情浪漫的生命之诗；活着，就是在大自然的织机上，用智慧的金线，织成的一面生命的旗帜！

像树一样活着吧，也许经营根的工程是无比艰巨和浩大，但是，只要能享受到叶子那么大的一片阳光的抚慰，只要能享受到大地深处一缕清泉的滋润，我们便生也何幸、死亦何憾啊！不管活着需要经受什么样的历练，而这历练本身，就是生命的一种荣耀！

生活

宇宙苍茫，乾旋坤转，万物各呈其华，万象各彰其彩，大化的风姿神韵，尽在这华彩的氤氲之中！所以，万物无不是应天地之邀而生，万象无

不是应自然之道而启，各得其所，各秀其妍，一草有一草的曼美，一木有一木的神丽，一禽有一禽的灵动，一兽有一兽的奇异……

那么，人呢？人是万物之灵长，智慧之宿所，受宇宙之精华而生，得天地之惠养而长，本该活得风生水起，气象仙逸，可有的人，为什么总是觉得活不出自己生命的精彩、人生的快意呢？其玄机就在于我们虽是应了天地之邀而生，却没能顺天地之道而活！

在欲望的推动下，我们常常迷失自我的本真；当我们能力的羽翼未丰之时，却想一飞冲天，结果总是摔得非伤即残，怎能不让人痛苦难堪？只有在不违逆自然之道而生出一双矫健有力的翅膀之时，我们才能自由地展翅，快乐地翱翔，纵横恣意，高远随心，天地以我为诗，我以天地为韵，造化育我，我亦为造化呢！

所以，草木顺天地之道而荣茂，禽兽顺天地之道而健硕，我们能顺天地之道则福溢！

向往

向往，让人们在现实的世界里无处安放的心灵，有了一种可望可即的归属感。

向往，让我们最热切的精神诉求，在平凡的生活中有了诗意禅韵的表达。

向往，让我们在人世间孤独的行走，反而有了走出孤独的快意和激情。

向往，是我们在生命的琴弦上，弹奏的一支能穿透岁月的苍茫、旋律悠婉灵动的梦幻曲，乘着飞扬的音符，我们的灵魂，能够达到自己渴望中的远方。

向往，给了我们一个不断超越故我的理由，因为我们生来并不仅仅只是为了谷底的仰望，我们更有登上峰巅，极目天阔地迥、饱览峥嵘万象的权力。

当我们的心灵在逼仄的城市里禁锢久了，谁不向往走向空旷？面对山籁水韵、风光雾岚的大化自然，自会有一种怡魂醉魄的感动弥漫于胸中。

当我们情感的世界芜漫久了，谁不向往重整河山？我们需要有一枝可意的花儿对语，需要有几株慰心的灵树燕谈，需要有缕缕相知相怜的春风带来绵绵温馨温暖的春意。

向往不是我们生命中的奢侈品，而是像阳光一样不可或缺的必需品。有了向往，我们生命的原野上就会充满勃勃的生机，我们在耕耘中就会收获累累的果实。

向往不是我们在无聊的时光里放飞的风筝，而是在命运的天空中带着我们飞翔的翅膀，因为有翅膀，我们便是飞向光明的天使。

充满向往的心都非常融柔，融柔得像山中静美的月色，融柔得像海面晶纯的蔚蓝，融柔得像天宇晖灿的光焰，所以，我们的生命将因为向往而拥有了柔懿敦和的大美风韵。

人生之梦

我的人生之梦，是享受在世俗之树的枝上落脚、在精神的天空里自由翱翔的生活！

　　我的人生之梦，是尽情地享受充满期待和向往、在生命的园林里缀满理想之花的生活；尽管许多人都在赞美平凡，赞美宁静无为的洒脱，但是，我依然要追求人生的卓越，追求创造的激情和快乐。我知道自己不是最聪明的人，但是，我也知道，真正能够铸就生命辉煌的是坚定的信念，是燃烧的热情，是百折不挠的勇往直前。虽然人们常常赞颂小草欣欣向荣的美丽，但是，我还是要选择做一棵傲然耸立的大树，一次次地去经受严寒与酷热的磨砺，让那一圈圈的年轮，记录着我成长的经历。

　　我的人生之梦，是享受有着诗意的浪漫、有着国画的简约、有着禅趣悠然轻松的生活。我虽然置身于现实之中，但是，我绝不会让现实给自己的灵魂披上沉重的枷锁。我要远离是是非非的纠缠，走出恩恩怨怨的泥淖，挣脱人情世故的束缚，不凑繁文缛节的热闹。虽然我的血肉之躯离不开五谷杂粮的滋养，我的快乐幸福也离不开七情六欲的依托，但是，我的灵魂绝不会在物欲中沉沦，不会在虚荣里迷醉，不会在庸碌里陷落；我要勇敢无畏地去经历我能够经历的一切，我要满怀激情地去耕耘我能够耕耘的岁月，我要淋漓尽致地去享用我能够享用的收获，我要让我的生活旋律总是合着我心灵的节拍，因为她是我用心灵之指在生命的琴弦上弹奏的歌。

　　也许，你会说我是一个脱离了现实的理想主义者，其实，我不是，我只是不想被现实的河流淹没了自我，不想让世俗的浊流打湿我心灵的翅膀，因为我渴望着飞翔，渴望着超越，渴望着以自己独有的方式走过我生命的岁月。我知道自己不是无所不能的神仙，所以，在人生的路上若是遇到自己翻不过的山、蹚不过的河，我明白得迂回绕过，虽然会多走一些路，但我也会看到更多的美景；若是路上遭遇了风暴雨雪，我也知道应该隐忍，当天空放晴的那一刻，说不定还能看到无比美丽的彩虹。一样的天空，在不一样的眼睛里，有人看到的是无边的空旷，有人看到的是幽幽的云影；同样的岁月，在不同的心境中，有人怀着一颗对上天感恩的心享受生命，有人怀着无限的愤恨抱怨上天的不公……人生中会有许许多多的无奈和挑战，如果我们把这些无奈和挑战也能当成一道道美丽的风景来欣赏，那么，这个世界上还有什么能熄灭我们胸中燃烧的希望和激情？

所以，我的人生之梦，就是在现实的泥土里，能不断地培育出我喜欢的花朵，收获我期待中的果实，不管有多少风雨会把我的花朵吹落，不管有多少雷电会把我的果实摧残，但是，我永远都要感谢上苍，让我尽情地享受了一次美好生命的旅程，永远都要感谢上天，让我能够拥有一段可以按照自己的心意去耕耘的岁月！

等 待

如果你不把等待当作一个诗意向往和孕育创意的过程，那么，它必然会成为心灵的煎熬！

学会等待，是一件比等待本身更有意义的事情，就像旅行者走向目的地的时候，往往会更开心地玩味沿途的美景。

有些等待，有着美好的结果，可也有些等待，会无果而终，如果我们学会了享受等待的过程，那么，我们可能会觉得"无果"才是最好的结果呢！

其实，我们从出生的那一天，就已经开始了等待。最初的时候，当我们感到饿了的时候，我们会哭着等待母亲的乳汁，往后呢？我们便会面临一系列的等待……或者说，我们就是在一个又一个漫长的等待中成长。是成为一个智者，成为一个伟人，还是成为一个平凡者，那就要看我们学会了怎样的等待艺术了！

　　诗人叶芝，可谓是等待者中的佼佼者，也是最会等待的一个，他赋予等待的不同凡响的内涵，值得我们每个人借鉴和深思，因为他告诉了我们：等待的苦汁，往往也是注入我们精神之树最好的滋养品，它能刺激树的枝上开出最鲜美的花朵，结出最甜蜜的果实。

　　叶芝在年轻的时候，爱上了一个叫茅德·冈的姑娘，他的爱情赤诚而又热烈，然而，姑娘一次次地拒绝了他的求爱，却从未曾放弃过他的友情。可是，叶芝胸中的爱情之火一直在熊熊地燃烧，并且，也一直在渴望中等待着她的回响，在近30年漫长的等待岁月里，他以她为原型创作了不朽的剧本和散文，写出了一首首足以传世的诗作，特别是那首《当你老了》更是流芳百世……

　　虽然叶芝的等待正可谓无果而终，但他却赋予了等待以非同寻常的意义：为了迎接心爱之人的到来，他在她必经的路边，种满了玫瑰，不管她来还是不来，这盛开的玫瑰花，已经充实了他的生命，他在爱的等待中创作的作品，使他成为1923年度诺贝尔文学奖的得主。

　　有人说："结果好，一切都好。"可这世界上偏偏还有一个墨菲定律，就是你最不希望看到的结果，往往总是不期而至。所以，等待无疑是一个充满变数的过程，与其被这个变数左右着自己的命运，不如自己主动出击，把等待变成一次烹饪盛宴的过程，相信那幸运和机遇女神，会逐香而来，不邀而至！

胸襟

　　天空，自有日月辉耀，星汉灿烂；地广，自会江山氤氲，万物峥嵘；

胸旷，自是心豪魂雄，英气流华。

所以，自古至今，品评一个人莫不首观其胸襟，以断察其未来的成就和发展，因为胸襟是一个人应世创立的基础，胸襟宽敞，则器量沉宏，必能载其天赋、智慧、聪明、胆识和抱负，任其所为，以称雄天下，铸千秋之功业；而胸襟狭隘，则器量不足，故有"短绠不可以汲深，器小不可以盛大"之说……

当然，人的胸襟，并非天成，若能走出烟障雾碍的一团混沌，呈现于眼底的定然是风光月霁的一片晴朗；泰山之崇峻，大海之苍茫，背而不见，转身即知什么是高远；若能友天地而亲自然，揽峰岳而拥海川，必将慷慨行于世，洒脱步人间。

古人云："逐鹿者不顾兔，货千金者不争锱铢。"大目标必有大气魄的支撑，大胸襟必是造就大智慧的根器！

怨从何来，怨消何处

心小，怨自结；魂雄，怨自解。

何谓心小？心小者，胸怀狭隘，锱铢必较，吃不得一点小亏，受不得一点小屈，扛不住一点小冤；一件事不称己心，便耿耿于怀；一个人不称己意，便怨气冲天；看到别人胜过自己，便妒火中烧；发现便宜不能自己独占，便愤懑不已……

何谓魂雄？魂雄者，气量宏广，不拘小节；能容人之长，不护己之短；做人，虚怀若谷，谦卑自牧；处世，随遇而安，慷慨自立；荣辱不失真性，成败不乱方寸，得失泰然一笑，盈亏顺其自然；修身，以求识见脱

俗；养魂，以求境界卓然……

心小者，多因俗念所蔽，物欲所迷，斤斤于琐碎，察察于细微，所以，其眼中多瑕疵，胸中少快意，怨尤似波兴，何时可绝期？当然，心小者，不过是痴迷于一时之利欲，蒙蔽于一孔之俗见，若能悟开于胸，性澄于心，不再戚戚嗟嗟于一己之念，不再营营役役于得失之间，必将愁怨自消，胸臆畅达。

魂雄者，多因志趣高妙，意在进取，砥砺才干，恢拓大梦。所以，常常痛饮于智慧之川，以丰腴内心；常常攀登于愿景之山，以卓越自我。能以"大"统领精神者，往往不会顽执于"小"，怨既然是源于心小，那么，魂雄，则自然不会被怨所扰。

养之境

养身之境

两千多年前古希腊的柏拉图就曾提出过"身体诗学"说，提出只有健壮的身体，才能充满鲜活的力量和拥有饱满的精神，因此，他主张"用体育来照顾身体"，以"精力旺盛的体魄"来享受生命、享受生活、享受工作、享受劳动成果。

我国古老的中医学也强调：流水不腐，户枢不蠹，气滞则痛，血滞则病，只有气血两旺，才能神清骨秀。

养心之境

单纯的养身，虽然让人的生命有了健康的躯壳，但是，还是不能让人过上高品质的生活。古语道："人活在世，'心情'二字！"这话可谓是说到了点子上。谁不想活得顺心随意、幸福快乐呢？然而，世事千变万化，境遇纷繁复杂，人生不如意者十有八九，那么，怎么才能让自己活得如坐春风、如沐春雨呢？这就需要在一个"养"字上下功夫了。心是一片沃野，善养者，花馨木秀，果实飘香；不善养者，荆草蔓生，一片苍凉。

其实，我们所说的养心，养的就是这种充满自信和智慧圆融的心态。自信，才能自在自然；智慧，才能通达开朗，才不会认死理、一根筋。如果说气不通则痛，血不通则病，那么，心不通则痞，痞积成毒，毒发则一样危害健康和生命。

养魂之境

若说养身和养心，是对危害健康之敌的消极防御的话，那么，养魂，便是主动地出击了：以魂雄，带心壮，促身健！

养魂，就是在理想的旗帜下，不断地充实自我，做大自我，开拓自我，发展自我，成就自我；只要我们永不放弃对理想追求的过程，那么，我们的身体就会一直充满健康活力，我们的生命就会一直充满勃勃生机！有一篇文章曾综合考察了古代290位文学家，并算出他们的平均寿命是58.4岁，而同时期的人均寿命不到35岁。他们还发现，16世纪以后，欧美的400位杰出人物（包括科学家在内）的平均寿命达79岁，为最长寿一族。这就是善于养魂者总是最健康、最长寿之人的有力的证据。

科学研究，也为养魂的妙论做了肯定：人的灵性分为两种，一为本能性灵性，二是创造性灵性。当一个人认为自己老的时候，他的身体就会听

从本能灵性的呼唤，便会真正地老去；当一个人一直都意气风发、积极向上、不断进取的时候，身体就会听从创造灵性的呼唤，没有时间老，在这种充满创意的生活里，他的胸中将熊熊地燃烧着不灭的激情之火，他的灵魂里将永远地盛开着浪漫的诗意之花；岁月如琴慢慢地弹，生命如歌缓缓地唱，人生如此美好，怎能不活得健康、快乐和长寿呢？

灵性流韵

灵性，万物皆有，何况人呢？

所谓灵性，就是通天意，合自然，应时而生，顺势而动，运化有节，演变随律，物自成韵，秀以自逸。

灵性之于人而言，是孕育智慧之果的花朵，是开启创意生活之门的钥匙，是引领着我们享受浪漫人生的决心，是自我能够自由穿行于内在精神世界和外在物质世界的通道。

灵性如水，清澈澄明，映花照月，朗然静丽；灵性若不被蒙尘，则一生颖睿乐达、挥洒自如；一旦灵性泯坠，则从此浑浑噩噩、惘然失聪。

有人的灵性，如洋似海，任你狂风如怒，飞沙走石，依然无法夺去他的那片升腾的蔚蓝；有人的灵性，如湖如泽，虽有可能被淫雨浸浊，但终能淡泊自净；有人的灵性，如尺洼寸坑，一把泥沙，便可将其搅浑填平。

灵性虽源自天然，但却需要后天的护持，方能皎然如玉、灿然如日。护持灵性的最好的方法，便是孜孜以求，奋发向上，积识成智，发而为慧，方能进退无碍，方圆自适，从而使我们的生命，不失灵动之质和灵秀之美。所以，善于护持者，则灵性如海，洋洋洒洒，孕育着人生的无限生机；不善于护持者，则灵性如注，搅浑易，澄清难，一旦诱惑迷心，必将欲壑难填，怎能不郁郁寡欢呢？古人云："有人日孜孜以成辉"，说的就是灵性在生命中的映射；"有人日怏怏以至辱"，说的就是灵性萎落的后果。

心，被称之为灵府。灵性在，则府中智慧之花烂漫，府外创造之果香妍。人生若此，生命之韵，岂能不如诗如歌般美曼？

洒脱

洒脱的人生，是像鱼儿一样，去享受嬉波戏浪、穿江过海的酣畅淋漓；是像鸟儿一样，去享受放歌山林、翱翔云天的任情恣意！

洒脱的本质若禅。是诗意地放任自我，创意地开拓生活，浪漫地追求超越，而不是无所事事、不思进取的懒惰，也不是看破红尘、形槁心灰的冷漠，更不是纸醉金迷、灯红酒绿的骄奢。洒脱的生命中飘散着的是阳光的味道，而消极的心灵里蔓生着的则是沉沦和堕落。

洒脱的心态如水。绵柔而不失真性，挺坚亦不改本色；遇矩则方，遇盘则圆；遇高山而迂回，遇深渊则飞练；以不争之势超越，以无为之姿向前；可以宁静如湖泊，可以奔腾若江河；可以升华为云雾，可以冷凝成冰雪；运行于天而不夺日月之光彩，深藏于地而不怨命运以自薄；滋养万物以欣荣而不居功炫耀，托浮舟楫达四极而能扬波自乐；随性而为，临境而安；澄莹潋滟，顺其自然。

洒脱依托的是知性的修养，闪烁的是智慧的灵光，展现的是旷逸的风雅；不为传统所囿，不被世俗而困，不因境遇而失衡，不因窘促而失态，

不被物欲缠魂，不被名利熏心，放达自适，悠然有趣。正可谓：腹有诗书气自华，胸藏智慧自洒脱！

感伤之美

唯有感伤之美，才能把诗意的曼妙推向美的极致。

唯有诗意的心灵，才能享受到感伤之美轻叩悟门的感动！

当我们独自啜饮感伤这杯略带苦涩味道的美酒的时候，也是我们的心灵最柔软、最敏感的时候，你可以轻轻地低吟浅唱，你可以悄然地心曲慢弹，你可以无忌地清泪涌流，你可以自由地幽思怅想……

感伤之美，来于月色。当我们漫步月下，宁静之中，我们会感受到那月光仿佛是从天国纷纷飘落的音符，击打在我们的心弦上，那奏响的旋律中，有我们对命运的叹息，有我们对过往的怀想，有我们对生活的期盼，有我们对爱情的渴望……然而，月光下的一切，美则美矣，却看不到远方！

感伤之美，来于对生命的思索。每当我们读完一部英雄或伟人的传记，掩卷沉思，怎不为生命的伟大而赞叹不已？然而，面对不断流逝的岁月和无法挣脱的平凡，我们何处安置自己的青春和梦想！生命之树上的花开了，难道一任她随风凋谢？果实在哪里？

感伤之美，来于对永恒的向往。当我们独对空山，凝望着那峰峻壑幽的雄美；当我们独坐于海边，远眺那无边无际的蔚蓝；当我们驻足于江岸，看着那浊浪翻腾的壮阔……我们怀着一腔的激情读着这永恒的自然之诗，可我们却只是天地间的一个过客！

把感伤之美写到极致的是陈子昂，当他登上幽州的黄金台，却没有赞美天的高远，地的空旷，而是俯仰长叹："前不见古人，后不见来者。念天地之悠悠，独怆然而涕下！"他为什么流泪？可以说每一个读诗的人，都能根据对自己内心的照观而给出自己的回答！

快意的人生

人生于俗世间，意所不快者，皆因自性无舒渲畅流之通渠。

当然，如果人的自性被俗念所绑架，总是想名利福禄，兼收并蓄；爱恨情仇，随心所欲，那么，他便将因为处处想风光，反而会时时得烦恼。在这个社会资源和个人能力都非常有限的世界上，谁又能一意孤行，肆意而为呢？

人的自性，既然不能遍地的开花以逞风流，那么，何不让她烂漫于一枝以彰智慧呢？有了这烂漫的一枝，便足以寄托我们一生的快意了！

《列子》一书里，提到一个非常值得我们学习的驼背的捕蝉者，因为他并不因为卑微而失其所乐。一次，孔子经过一片树林，看见一个捕蝉者正用竹竿粘树上的蝉，其艺之精，可以说是手到擒来，便忍不住问他："你有道吗？"意思就是：你有通达此臻境的路子吗？捕蝉者兴奋地说："有道。我先在竿头累放两颗弹丸，经过五六个月的练习掉不下来，粘蝉时失手的机会就很少了；放三颗掉不下来，失手的机会还有十分之一；如果累放五颗掉不下来，稳得身如磐石、竿如立桩，从树枝上捕蝉就如拾取的无异了。天地广大，万物众多，我的兴趣只在蝉翼上，此中快乐，就是拿帝都王位来换，我也不愿意啊！"

道者，窍也，通达之途！人的七窍通，则身爽；技有一窍通，则意快！捕蝉者通窍的秘诀，最初恰恰意不在"捕蝉"，而是意在"稳竿"，一旦竿如立桩，则蝉便如飞来竿头一样易得，怎能不乐在其中呢？美学家朱光潜说过一句非常耐人寻味的话："人要有出世的精神，才可以做入世的事业"，出世，心方不为物欲所累，就如捕蝉者，不为蝉所累，一心一意地练习"稳竿"，从而给自己轻松地打开了"捕蝉"之门，门通蝉入，心便有所寄，趣便有所托，自性便通过"捕蝉之竿"，大放异彩，人生若此，还能不意快神旷吗？

通往快意的人生，你有道吗？有道，必有自性得以酣畅舒宣之通渠！

幽默与心境

我们喜欢听幽默的语言，往往就像喜欢听动人的音乐、欣赏美妙的诗篇一样让你入迷。

我们和谈吐幽默的人在一起，往往就像置身于蔚蓝的大海边或壮美的大山中一样让你陶醉。是啊，幽默风趣的人，正是我们芸芸众生里的一道亮丽的风景啊！

山间清泉之所以能汨汨地流淌，是因为它的下面有大地永远不竭的水源；幽默者之所以语言风趣幽默，是因为他的内心永远都是一种豁达开朗的境界。当一个人一旦放弃了一切功利荣辱的牵挂和拖累之后，他的思想之笔就能蘸着人性之美的墨汁创作奇文妙章，他的语言之鸟就能展开轻松的翅膀，在人们心灵的天空中无碍地飞翔。

我们知道：心情沉重的人，肯定笑不起来；心中总是充满狐疑的人，话里肯定不会荡漾着暖融融的春意；整天都是牵肠挂肚的人，他的话里肯定也有着化不开的忧郁……只有心怀坦荡、超越了得与失的大度之人，才能笑口常开，妙语常在，话中总是带着对他人意味深长的关爱，带着对自己不失尊严的戏谑。

书画大家启功成名之后，常常有人上门求字求画，启功为人谦和，心地善良，不愿拂人意。然而，无奈上门的人太多，严重影响了老人的工作、创作和身体健康，所以，他在自己的门上挂个牌子，上写："大熊猫病了！"来者往往会心一笑而回。

有一个将军，有一次与士兵一起开庆功会，在与一个士兵碰杯的时候，那士兵由于紧张，举杯时用力过猛，竟把一杯酒都泼到将军的头上。士兵当时就吓坏了，可老将军却用手擦了擦谢顶的头笑着说："小伙子，你以为用酒能治好我的秃顶啊？我可没听说过这个药方呀！"说得大家哈哈大笑……

当然，幽默并不是某一个人智慧之树上独有的果实，她实质上是一门任何人都能掌握的语言艺术。林语堂在论及幽默时说道："幽默是由一个人旷达的心性中自然而然流露出来的，其语言中丝毫没有酸腐偏激的意味。而油腔滑调和矫揉造作，虽能令人一笑，但那只是肤浅的滑稽笑话而已。只有那些巍巍荡荡、朴实自然、全乎人情、合乎人性、机智通达的语言，虽无意幽默，但却幽默自现。"

阳光普照大地，无为无欲，但却造就了自然界的勃勃生机；幽默的人，说出话来虽让人感到他如憨似傻，但却因心地透明、心境豁达开朗，而让人们从他那自嘲自谑或天真稚纯的话语中，感受到了幽默者厚实的天性和无穷的智慧。

给自己一份旷达朗润如万里晴空的心境吧，这份心境一定会像阳光般飘洒在你的语境中，因此，即使你"无意幽默"，但却"幽默自现"！

旅行，是个灵魂的事件

　　旅行，是个灵魂的事件。当你背着行囊走向辽落空旷的山林川泽、谷原皋壤的时候，你脚下的路，却会一步步把你的灵魂引向内在的精神世界里；透过峰岳的雄奇，你会发现自己灵魂的高秀；透过江河的涌流，你会发现自己灵魂的犷健；透过大漠的苍莽，你会发现自己灵魂的浩阔……

　　北宋邵雍，少年时代，便志高心雄，欲立功名，于书无所不读，日夜苦攻，寒暑不辍，一日忽叹道："昔日得道之人，都曾像古人那样借得山水天韵以入化境，而我至今还困于幽室未及四方啊！"

　　于是，他涉黄河，越汾水，走汉江，临瀚海，遐历于齐、鲁、宋、郑等名山故墟之间，数年后，不觉心神洞彻，豁然而归，自赞曰："道已入我魂矣！"从此，一心治学，穷究天地之理，终成一代大师。后人更以"江山气度，风月情怀"，来赞美他的为人。

　　这正是：浩卷育人，大化育魂，神遇天地，助我自雄！

　　由此也就不难理解，古人之所以常喻雄山胜水为大块文章，就是因其灵气郁郁，道韵蓬蓬，虽然看似空无一字，可那重重的峰岳却在尽透着天意，叠叠的谷壑在流泄着玄机；大美无言，撼人胸臆；大道无形，润人魂魄。所以，当你行走于天地之间的时候，看似无为，可一个关乎你灵魂的事件，却正在悄然地发生之中……

　　所以，凡是喜爱在大自然中挑战自我、经历过徒步探险之旅的人，他在人生的开拓中，自会有一番一般人所不具有的心境和意境；在识见和知性上，也自会有一般人所不具有的高度和广度！

琴曲

琴无尊卑，曲有俗雅。

生命如琴，内在的心灵才是她的演奏者。

有的琴曲，如江河汹涌，那洪流滚滚的韵律，能穿越时空，回荡于每个人的胸中，激励着人们劈波斩浪、勇往直前。

有的琴曲，如运行于崖壑间的雄风，那撼天动地的轰鸣，时刻在诉说着青山兀然屹立的不可摧折的意志，诉说着峰巅直指苍穹的负势向上的信念。

有的琴曲，其旋律之中，如有日辉的闪耀，有月华的流泻，有万象日新的曼妙，有春籁秋韵的挥洒，有天空的灿然，有大地的安然，有自然化育生机的无限。

有的琴曲，奏响的是秋草之哀叹，是鸣蝉之哀怨；所感皆人生之苦厄，所诉皆命运之多舛……

你弹奏什么琴曲，你生命的价值和意义就在什么地方展现，你的精神之花就在什么地方盛开。

感悟生命

曾经的过往，熔铸了我们天蓝水碧的心境；曾经的缘机，成就了我们吞峰吐岳的胸怀；曾经的追求，点亮了我们闪耀着日辉月华的灵魂；阅历，会让我们的生命之曲，愈来愈回响着山巍海阔的节奏，愈来愈透出江

涌川流的禅韵……

我们每个人的生命，都是自己灵魂手中的一把精妙绝伦的绿琴，谁不渴望在琴弦上奏起诗情浪漫、恣意奔放的旋律来？谁又不渴望让这旋律透过时空回荡在子子孙孙的心灵深处？但是，我们也知道，日月亘古飘忽，天地恒象交泰，唯有我们的生命，逝去了将不复再来，以有限搏永恒，这是生命的无奈，还是人生的挑战？

面对浩瀚宇宙，我们的生命可谓是微如尘芥，但是，我们的精神却弥漫太虚，雄傲苍穹；我们的梦想则穿日贯月，无所不能。虽然我们没有造物主的神力，但我们并不缺乏如他那种创世的激情来开拓自己创意的生活；虽然会有许多人安之于微尘不飞、微波不起的小自在，但是，依然会有人去追求有花可赏必绚丽、有果可尝必馨香的大生活；在他们看来，与其做一具懵懵懂懂、虚度时光的行尸走肉，不如做一个风风火火、激情浪漫的命运创造者！

大化无为，却成就了乾旋坤转的大手笔。人生有幸，让我们拥有了能够悟透天地万物玄奥的大智慧。这智慧，能让我们化无奈为奋飞，以挑战为契机，铸人生大风流！

度之韵

度，是一个充满着禅韵哲意的妙词，是一个蕴藉着丰富内涵的语境。

度，是一个让事物能够在某种条件下存在和发展的域值，是一种大化自然和谐生发的情势，是一个能触发人们内在灵性悟觉的枢机，是一种人们面对现实能在本我、自我与超我之间自如调适的智慧。

因此，天有度，可以平阴阳；地有度，可以定生息；衡有度，可以量万物；人有度，可以明荣辱。

度，犹如音乐的节奏，而节奏便是音乐的灵魂，不管长短缓急，合律皆美。

度，犹如江河的岸畔，因为有了岸畔，所以，曲折回环的流水，才会像一首首写在大地之上的诗篇，尽抒造化之灵秀。

度，犹如大山屈伸蹲跃的雄姿，正是因为有了这屈成渊之深，伸成岭之峻，蹲成岳之伟，跃成峰之峙，所以，天地之间，才有了我们读之不尽的大块文章！

古人云："中和为道，适顺为度，知事用心，行止求衡，是为道度。"道是路，度是步；有道，则方向自明，心性不迷；有度，则尽阅人间之春色，历览天下之胜景，痛享人生之快意，欣谱命运之俪曲！

度之美在适，度之韵在衡！

气之韵

人活于世，气乃命根，气聚则生，气通则神，气宏则雄，气浩则逸！

当孟子在生命之琴上奏响"颐养浩然之气"的主旋律时，便有有识之士应弦而和之："谁能养气塞天地，吐出自足成虹霓。"

当曹丕提出"文以气为主"的命题后，可谓是一石激起千重浪，创意纷呈百家唱：体气足，则文气高妙畅爽；胆气豪，则文气恢宏磅礴；心气旺，则文气凌日冲霄……这气之所彰，宜文，更宜人！

道家云：天有三宝日、月、星，人有三宝神、气、精；日乃星、月之

光源，气是神、精之依托；气如流水，神、精为舟楫，水有浩瀚色，舟有凌波势。

禅语道：以气摄心，机叩悟门，意朗性澄，狂喜在魂，五蕴不伤，六毒难侵！

俗话说，人活一口气，树活一张皮。话虽浅显，蕴含颇深。在我们呼吸的这口气中，藏有天地之元，阴阳之精，智慧之馨，其在肺腑翕张时吐纳的是空气，其在心灵出入时吐纳的便是精神，所以，若能养气为魂根，舒展天性修身心，必将活得风生水起，寿运亨通。

心灵之歌

在大山的面前，我领悟了什么是挺拔，有了穿云刺天的高度，自会存在一种不语自彰的尊严。

在大海的面前，我领悟了什么是恢宏，有了接纳一切的襟怀，自会生成一种吞星吐月的气象。

在大江的面前，我领悟了什么是执着，有了百折不挠的意志，自会成就一种雷霆万钧的浩荡。

在小草的面前，我领悟了什么是柔韧，在摧枯拉朽的狂风暴雨中深深地弯下身躯，正是为了还有机会享受阳光雨露的滋润，能够接受自己卑微的命运，也是一种聪明。

在小花的面前，我领悟了什么是智慧，她们虽然柔弱，却知道用芳香唱歌，为自己赢得欣赏者；她们分泌蜜汁惠及蜂蝶，正是为了更好地孕育自己花蒂中的果实……

人啊，你在立身处世中，既需要大气雄健的阳刚之骨，也需要柔美灵动的智慧之魂；俗尘弥漫的世间需要一份超脱，才不会沉沦，但超脱中亦不必洗尽俗尘，方能得一片魂安魄宁的谐和；追求"大"，才能感受到生命的瑰伟和雄美，甘于"小"，方能体悟到生活的幸福和快乐；读大块文章润魂，写小阕诗词养心；漫步于阳光下可以尽赏川雾峰岚的大美，徜徉于月色里方能尽享诗意禅韵的委婉……

智慧有啥用

有学生问一个智者："智慧有啥用？"

智者答道："万物皆有灵性，而智慧则是灵性的升华。对于我们人类来说，智慧是一门平衡内在精神世界与外在物质世界的艺术，你的艺境愈是高妙，便愈能感受到生命的意义和价值，也因之而愈能体悟到人生的快乐和幸福。"

学生接着问道："怎样才能拥有智慧呢？"

智者说，当我们对这个世界怀着一颗感恩的心，渴望以创意的追求和非凡的创造来回报的时候，我们天赋灵性的种子，就将在这种不懈的追求和创造之热情的激发下，不断地开出智慧的花朵，结出智慧的果实。而这花果的美丽和馨香，不仅将泅润自己的灵魂，同时也将泽被我们置身的世界！

禅之韵

大千蓬蓬，禅意融融，心灵一旦契入了禅境，人的生命从此所拥有的便是一份神畅意快的自在与洒脱了！

禅，不是花，却有着花的芬芳；禅，不是果，却有着果的馨香；禅，不是月，却有着月的清辉流布十方的诗意；禅，不是山，却有着山的峰峦绵延千里的秀蔚；禅，不是流水，却有着流水澄波摇岸的灵动；禅，不是天宇，却有着天宇浩茫无际的空远……

禅，是自然万物的呼吸；禅，是森罗万象的气机。不管现世的生活中弥漫着怎样浓密的俗尘庸雾，只要我们的灵魂，还愿意到风清烟净的大化自然里去透透气，那么，在吐纳之间肺腑朗润，我们的心宅里自然也会氤氲着喜意踊跃的禅之妙韵！

生命的气韵

开辟鸿蒙，日月始明；天之造生，地之造成；大千化育，万象蓬蓬；人生其间，迎花待风。四时流岚皆诗篇，十方胜景来画中。灵动于衷，益魂可究儒道禅；才溢于胸，抒怀自有赋比兴。一艺精，玩转乾坤；百事明，意气融融。行走于大野，山川与我神通；静宅于陋室，琴书寄我幽情；穷在江湖自逍遥，达在庙堂心从容；浩气在膺天地阔，管他紫气在西东！

置身红尘之中，不为俗气熏染；慧眼顿开之处，亦不遁入虚空。不在欲念中沉沦，不在愚执里疯蒙。青山有折自雄丽，江河蜿蜒自恢宏。万物自得其时，我亦乐在其中。神秘主义者，必沉沦于神秘的陷阱；灵魂旷荡者，必潇洒于旷荡的暇景！知性的活，创意的生，生命的气韵，定将在洒脱的自在和激情的浪漫中升腾！

第二辑

诗与俗

心境不随风

丽日因不随风而移，故有亘古不变的春华秋实的四季运化；朗月因不随风而飘，故有万众仰慕的玉魄琼轮的绝伦盛景；心境若不随风而动，生命的大美气象必将层出不穷！

棋坛高手每每在银屏上出镜之时，频见他们手拿一把折扇，上书"八风不动"四个大字，或展或收，借机入化。不管棋局如何波澜诡谲，亦不管胜负如何的变幻无常，他们都稳如泰山，意静神闲，胜不喜形于色，危而不躁不烦，运智慧于胸臆，凝枰棋而手谈，可谓是：大将气度，王者风范。所以，常有妙局卓然天成，不乏弈楸时雄突现。

何谓八风？乃是佛禅中所指的"利、衰、誉、毁、称、讥、乐、苦"，这四顺四逆影响人心的八件事，人的修行如能达到不被这八风所动的境地，那么，即使是凡夫俗子，也可入佛位了。当然，我们都是化中之人，不求成佛，若能活出生命的精彩、成就人间的卓越，便无憾于今世今生了。

东晋的大将军桓温，为了实现自己谋取皇位的春秋大梦，他伏甲设宴，遍请朝中官员，并准备在席间诛杀宰相谢安和王坦之以立威。王惧怕，问谢安："怎么办啊？"谢安说："晋室的存亡，就在此一行了！"他们走进桓温的庭院，谢安像寻常来拜访时一样，一边走，一边吟咏着嵇康的诗句："浩浩洪流，带我邦畿……"桓温被他的从容气度所震慑，脱口而出："安石，别来无恙？"谢安笑着指了指四周的按刀甲士，说：

"我听说有道之臣，派兵据守四方，可明公为什么把这些家伙安排在这儿呢？"桓温哈哈一笑，知趣地把伏兵尽数撤去。面对骄狂的桓温，谢安镇静若此；后来面对前秦苻坚所率的百万来犯之师，他亦是如此。大兵压境之时，他运筹帷幄，指挥若定，一举打败了十倍于己的强敌，创下了历史上著名的以少胜多的淝水之战的范例！

世事如棋，人生如弈；两强相当，惧者先殃，慌者无功，乱者必亡，唯有意如磐石、八风吹不动者，方能在精神上先胜一筹，接着乘势而进，何愁大事不立、大功不成？

曾经有人撰文《牛津大学为啥那么"牛"》，作者写道，苏格兰北部最边远地区一个教育相对不发达的郡，一位女学生的毕业考试成绩全都达到了A，这是近百年来当地第一个达到牛津录取线的毕业生，当地政府对此极为重视。但牛津大学教授在面试后，认为该生不具备牛津大学所要求的创造潜质，拒绝了她的入学申请。当地议会将此事反映给了英国中央议会，议员找到教育大臣，请他出面说情，没有成功。之后，又找到当时的英国首相布莱尔，虽然首相动之以情，晓之以理，但牛津大学就是不买他的账，理由只有一个：在招生问题上，任何人无权更改学院教授的面试结论，这是牛津大学几百年的传统。凭着这个理由，他们就是不给首相这个面子，而牛津大学也正是凭着这个理由成为了世界超一流的大学，光培养出的诺贝尔大奖获得者就有57位之多！

试想：如果谁有权、有钱、有势，就可以随意操纵牛津大学的招生，她能有今天的"牛"吗？一个原则，学院坚持了几百年，可见学院上下的教授和管理者们，虽置身于八风之中，但却无不具有不为风所动的超然境界！

由此可知，做官者，若心境不为八风所动，必将清廉自律，政绩斐然；做学问者，若心境不为八风所动，必能悟得世道物理的真髓；经商者，若心境不为八风所动，必将坚守取之有道，不赚昧心钱；即使是布衣白身之人，若心境不为八风所动，亦能活得神泰魂安，快活怡然！

诗与俗

心灵总是向往着诗意的浪漫，而现实却需要我们俯下身子刨食，所以，我们必须学会智慧地立足当下，创意地开拓未来，这样，我们就能在艰难的跋涉中，一步步地接近我们渴望中的生活……

特喜欢《世说新语》中的一个故事：一次，有人送给大将军桓温一批药材，他顺手拿起其中的一种问身边的谢安："这种草药，名为远志，又名为小草，为什么一味药竟有两个名字呢？"谢安没有作声，旁边的一个参军却抢着说道："在山为远志，出山则为小草了。"众人听了，相继而笑，知道这是在讥讽谢安……

原来谢安童年的时候，便有"风神秀彻，后当不减王东海（晋朝一代名臣）"的赞誉，长大后，更是名倾朝野，朝廷屡次征召，却都辞而不就。他隐居东山，过着与天下名士如王羲之、许玄度等游弋山水、诗歌咏志的激情生活。然而，天有不测风云，其弟谢万兵败被废，家境骤然败落，为了家门的生计，他不得不走出东山，在桓温手下任司马一职。在东山之时，他是一位有"高世之志"的雄俊，甚至有人发出"安石（谢安的字）不出，苍生奈何"的感叹；可出了山，连一个小参军都能羞辱他！

然而，这才是真实的人生。每个人的心灵深处，可以说差不多都有一个美曼的东山之梦，但是，每个人在经营自己的绮梦的时候，又都必须俯下身子，以小草的姿态，默默地耕耘，苦苦地劳作。屈辱也好，忍气也罢，不管你的灵魂是多么纯粹，但你一定要让自己与世同俗，与众同乐，

这不仅仅只是为了保住我们手中的饭碗，更是为了在这碗饭的滋养中，让自己渐渐地成长壮大，从而更有力量和智慧来铸梦成真！我们的才具愈是高如凌云之山，我们的襟怀愈是需要阔如无垠之海，方能在成就卓尔不凡的自我中，一点点地挣脱世俗的束缚，最终获得身心的自在和自由！

前年在内蒙古旅行的时候，认识一个驴友长风，他是广东一家公司的老板。闲聊中，知道他从少年时代就向往成为一个旅行家，渴望走遍祖国的大好河山。所以，大学毕业后，他先在一家公司里打工，当别人都在为工资而奔波的时候，他却在暗暗地学习经营，因为他明白，没有钱，不管是走遍中国，还是走遍世界，都只是一句空话。而有了充足的资金，他就有了强劲的翅膀，就可以像风一样随心随意地到达自己所渴望到达的地方！后来，在一个亲戚的帮助下，他办起了自己的公司，历经了艰难的起步，历经了无数的坎坷，他的公司终于迎来发展的春天。当他在事业上立稳了脚跟之后，不到40岁的他，便放手把公司交给妻子去打理，自己则开始了旅行的生涯，开始了走进自己的梦境……

那天的晚上，我们聊了很多。他说："在这么多年的打拼中，我无疑是一个围着金钱开足了马力的世俗的老板，但是，我也是一个心里非常清楚自己真正想要什么的老板！当钱赚得足够花销之后，对于我来说，那就只是一个数字变化的问题了，我怎么能被这样的数字束缚住灵魂呢？少年的旅梦，曾让我痴迷；现在的旅境，更让我爱得一发不可收拾。当我行走在山野莽原之中，当我置身于川海湖泽之滨，每当这样的孤独沉静之时，我的灵魂反而能得到比在喧嚣的都市里更多的诗意的快慰。我们生于俗世，长于俗世，如果一生都为俗欲所困，反而灵魂得不到解脱和幸福，这也算是我们人生的诗与俗的两难困局吧！也许，我是幸运的，毕竟我现在可以按自己的心意而过着如风行大地一样自由自在的生活。"

雄鹰因为有矫健的翅膀，所以，它时刻向往着天空的翱翔，但是，它也需要大地上一个落脚的枝头和猎食的牧场，以供它休养生息。我们人呢？其实，我们每一个人，应该说也都是幸运的，不管我们是多么深地陷于俗境之中，只要我们是为梦想而奋斗，而进取，梦想的翅膀不折，我们早晚有一天，会像雄鹰一样翱翔于我们梦境的天空之中！

合欢之欢

自从看到那两株巨型的合欢树之后，我突然发现，它们才是真正地了悟了幸福真谛和欢乐本源的自然精灵……

那天，行走在一座大山之中，在一处山坳里，看到两棵繁茂的大树，树干的中间相接，竟然像是倾身相吻的恋人。看我惊奇的样子，一个驴友告诉我，这是两株合欢树，当它们长到一定的高度，由于相互的吸引，树身就会彼此向对方倾斜过来，以至有一天，它们吻在了一起，长在了一块。从此，这个吻点，便把它们相连起来，让它们灵犀相通，共沐风雨，相互支撑，从而在成长中，造就了它们更加负势向上的活力，成就着它们更加非凡的卓越。你看，在这片山坳里，谁有这两株合欢树的生命力旺盛？

环顾四周，确实就数它两长得最为粗壮和高大，枝繁叶茂，摩天入云，共同的"吻"点，不但没有影响它们各自的发展，反而让它们在这片土地上，站立得更稳固，抵御风雨的能力更强大了！

望着这两株相依相扶、福祸与共的合欢树，便禁不住有些浮想联翩；若把它们理解为一对情人，那么，在这爱的结合中，他们便更多更畅快地享受了尘世的欢乐；爱曲的协奏，让它们一起把激情浪漫的生命之诗，演

绎得更加美妙绝伦；若把它们理解为一双心灵相通的朋友，那么，在这相知的携手中，他们已经在生命的琴弦上，奏响了更加撼人心魄的卓越之歌，享受到了更加美好的诗情如山、禅韵似风的人生岁月！一结同心，终生契合，其爱也融融，其知也陶陶，难道这不正是这两株合欢树，告诉我们的幸福和欢乐的真源吗？

孤独，永远是割伤灵魂的利刃，唯有灵犀相通的心，才能彼此相互托起能够慰藉灵魂的快乐和幸福。所以，人生在世，谁不渴望能拥有一二心灵相通的知己或知音？欣赏和理解，永远都是彼此的生命开在对方心灵里的一朵花，芬芳怡魂！人海苍茫，生而相逢是缘，逢而相知是分，凡是曾经因"缘分"而有过交集的生命，一定因这"缘分"而拥有过人间的欢乐和幸福。如果能再做到相爱而不相束缚，相知而不相索求，那么，这"交集"便是一首永恒的生命之诗，一支不朽的岁月之歌了！

那两株合欢树虽然依然在山野里享受着美好的生命岁月，但是，它们却在我的心灵中扎下了深根，并且，已成了我精神世界里的一道最美丽的风景线，这也应该是旅行者在旅行中的最有意义的收获了吧！

以谦卑之心成就自我

不久前去世的乔布斯，因为创造了苹果神话而闻名天下，但他生前却非常谦逊低调，其做人的原则是：好学若饥，谦卑若愚。有一次，乔布斯为了得到印裔软件商拉纳迪夫的帮助，一进他的办公室便一屁股坐在地上，以印度的方式向他行问候大礼。拉纳迪夫说："你这是干吗？"乔布斯说："你是把科技卖进华尔街的大师，我想跟你学学。"这让拉纳迪夫非常感动，从此二人建立了深厚的友谊。后来，拉纳迪夫说他一辈子都忘不了乔布斯当时的姿态。正是他这种谦卑的姿态赢得了拉纳迪夫的倾力相助；也正是他这种谦卑的心态，助他成就了自我，打造了苹果神话。

一个人，拥有了谦卑的心态就拥有了成长的力量。从父亲手中接过"旺旺"经营权的"米果之子"蔡绍中用短短三年时间就取代父亲蔡衍明成了"米果大王"。当人们问起他的学历时，他说只是高中毕业，是父亲刻意不让他上大学的。这是怎么回事呢？原来蔡绍中曾考上澳洲一所名牌大学，但父亲却对他说："大学你就不要上了！你将来会领导很多博士，如果你自己又是老板，也是博士，怕你会太自傲，你就不会谦虚地听那些博士的意见，就算他们想帮你，都帮不到你了。应该有些事输给人家，有点自卑感，对人家才会客气一点。"

我们且放过蔡衍明教育理念的对错不谈，但就他塑造儿子这个未来的领导者"应该有些事输给人家"的心态来说，无疑是有远见卓识的。他不是让儿子不思进取，而是让他懂得如何以谦卑之心成就自我。身为领导者，内在的心理谦卑一些，肯定将造就他外在功业的强大，因为有了这种心态，他才会向人虚心求教，也才会取得长足的进步。

唐代著名诗人韩愈有一次路过一个村庄，看到一群人围在一起，便好奇地上前探看，原来是个年轻人新写了一首诗，正向村民们求教，请村民给些意见。通过和村民们谈话，韩愈得知这位年轻人喜欢作诗，每作一首，总会先念给他们听，看看他们的反应，征求他们的意见，然后再反复修改，直到他们听了拍手称好，才算定稿。韩愈当即感叹道："能低下头来，向村民们求教，此人必将有大作为！"不出所料，这位年轻人后来成了唐代著名诗人，他就是被后人称为"诗魔"和"诗王"的白居易。在古代，知识分子通常有清高的毛病，而白居易却能诚心向村民求教，正是他的谦卑才使他创作出一首首流传千古的经典之作，也正是他的谦卑才成就了一代"诗王"。

　　唐太宗李世民曾经对大臣们说过这样一番话："我把收藏的数十副好弓拿给弓匠看，他们细细端视后说没有一张良弓。问其原因，答道：这些弓的木质确实不错，但木心不正、脉理不准，尽管弓力刚劲，但射出的箭不直。我以弓箭平定四方，尚不知良弓之理，何况治理天下呢？以后我若有什么不足，希望大家一定指正。"国家有这样谦卑的领导，想不兴盛富强都难！

　　凡是能成就一番伟业的人，大多都拥有一颗谦卑的心。因为他们深深懂得，一个人的能力毕竟有限，没有谁会样样精通，完美无缺。总觉得自己高人一等，狂妄自大，不仅会失去人心，更会堵上自己的发展之路。承认自己不如别人，才能放下身段，虚心接受别人的建议，以补己之短，更好地成就一番事业。

　　其实，对于我们每个人来说，都需要这种谦卑的心态，这是一种能够成就自我、实现自我的大智慧和大气度！

强悍的心灵

　　人，之所以被称为宇宙的精华，万物的灵长，就是因为他除了有一个和万物一样自然成长发育的身体以外，还有一个更需要成长发育的心灵；强悍的躯体，如果不能匹配以强悍的心灵，那么，我们便不会有一个真正强悍的人生。

　　那么，什么样的心灵，才是真正强悍的心灵呢？

　　唐朝的裴昱将军，在镇守定州北平的时候，自恃武功高强，曾经在一天之内，射杀了31只老虎，非常得意。有一位老人走过来对他说："你射死的这些，都是彪，像虎而不是虎。你要是遇上真虎，恐怕也就无能为力了。"裴昱轻蔑地说道："那你就告诉我真虎在哪儿吧！"老人说："由此向北30里，常常有老虎出没。"裴昱催马北往，来到一个山林郁郁、蓬草乱生的地方，果然有一只气势凶猛的老虎跳了出来，正在他搭箭拉弓之际，那虎站在不远处一吼，山石震裂，坐骑吓得掉头狂奔，弓箭也掉落到了地上，还差一点儿被虎吞食。虎口脱险的裴昱，惭愧自省，渐悟为人之道，从此谦逊克己，不但不再呈蛮力射虎，还更加注重自己平时的修为了。

后来，有一次，裴昱随唐玄宗巡游东都洛阳，在天宫寺里，玄宗让他表演剑艺，因为是皇帝的旨意，他怎敢违逆？只见他驰马如飞，剑气逼人，左旋右抽，变化万千。忽地，他掷剑入云，影如鷪蚊，剑落之时，如电光下射，裴昱迎剑而立，执鞘以待，宝剑"唰"的一声，凌空入鞘，不偏不倚。观者无不惊栗，视之神人。他的剑艺与李白的诗歌、张旭的书法，并称为"唐代三绝"。

谦逊的心灵，必能成就强悍的人生。

无独有偶，同是在唐朝，还有一个因虎而悟道的人。钟传是唐末时期的镇南军节度使，一次与叛军韩师德作战，韩的手下竟有一员年轻气盛的虎将，给钟传下战书，约定明日开战时与钟传单挑。钟传接过战书笑了笑，二话没说就同意了。

第二天，钟传却叫来大儿子钟匡时，换上自己的衣甲，并嘱咐说："不要与他硬拼，听得鸣金之声，须立马回阵，不得恋战。"自己却穿上普通将领的衣服躲在阵中。果然，两军刚摆好阵势，叛军中的那员年轻虎将便叫上阵来，匡时也是一员猛将，冲向前便与之厮杀，没战几个回合，便听到父亲的鸣金之声，只好佯装战败，掉转马头向本军跑回，那叛将自恃勇武非常，以为"钟传"力怯不敌，紧跟着便追杀过来。钟传看他近了，便突然从阵中射出一箭，正中马头，战马扑地，敌将滚于马下，被生擒过来。

收军之后，钟传把敌将押到堂前的时候，他还在大骂钟传不守约定。钟传也不恼怒，他把匡时等几个儿子叫过来说："我年轻的时候，曾与人一起去山上打猎，遇一恶虎，便仗着自己年轻力盛，武艺高强，不顾同伴们的劝阻，猛追上去独自与恶虎搏斗，不想被恶虎抓伤右臂，疼痛难忍，力不能支。这时猛虎又一次扑了过来，慌乱之中，只得与恶虎抱在一起，不敢松手。同伴赶来，见我和老虎滚在地上，好不容易才找个机会把老虎刺死，而我身上的伤几个月才好利落。这件事使我深深地感到：一味地展示自己的蛮力，逞一时一事之能，这是非常愚蠢的，不管遇到什么事，都要以智慧取胜啊。"说到这里，他用手指了指被俘的敌将说："我是一军的主帅，他却要与我单挑，万一我有什么闪失，岂不误了国家的大事？"

智慧的心灵，定将铸就强悍的人生。

有人说谦逊是智慧之源，也有人说谦逊是智慧之藤上最美的花朵，总之，谦逊与智慧，可以说是互为表里，相彰于人生。所以，强悍的心灵，恰恰是充满谦逊之美和智慧之光的心灵，是像大海一样包罗万象、容纳百川的心灵，是柔韧温润、不争、无为的心灵。不管是裴昱，还是钟传，两人的强悍心灵，都是在与恶虎的博弈中发育成长起来的。这很有点意蕴，虎是兽中之王，我们若拥有了强悍的心灵，便是人中之王了。当然，不管是你，还是我，是不是也曾遇到过能让自己的心灵成长发育的"恶虎"呢？

享受生命

一

生命，是上苍邀我们来人世间飨享的一场盛宴；在岁月的席面上，那每一道菜，都值得我们翘首期待；那每一道菜，都值得我们细细品尝；那每一道菜，都是滋养我们灵魂成长的精神大餐；那每一道菜，都将在我们的记忆里留下美妙无穷的回味……

二

如果我们生而是一棵草，那么，我们将在痛饮阳光和雨露的同时，用我们无声的花朵为上苍呈上一首首赞美之歌：享受着日月星辰的抚慰，在这个美丽的世界上，我曾经来过！

如果我们生而是一株树，那么，我们将在大地之母的怀里吸吮丰美的乳汁，在清风的摇曳中快乐地成长；春天是我们的清晨，夏季是我们的正午，秋日是我们的黄昏，冬令是我们的夜晚；我们的生命，在每一个轮回里幸福地舒展。那枝上的每一片跃动的叶子都是一个音符，在时光的琴弦上奏着一支支感恩之曲：骤雨把我的病枝折去，烈日让我的果实飘香，狂风让我变得柔韧，冰雪让我变得刚强，我撑起一片绿荫，享受着大自然的爱养……

造化垂爱，让我们生而为人，在我们鲜活的生命肌体里，除了生物的本能之外，我们还拥有了超越本能之上的精神力量，拥有了能与宇宙通灵的伟大智慧。这样，我们不但可以被动地去适应大自然中的一切，而且，我们还可以主动地去创造独属于自己的命运！不论我们经历了什么，也许是成功，也许是失败，也许是卓越，也许是平庸，我们都要感谢造物主给了自己一次次的认识自我和大千世界的机会；本来我们也应该像一杆芦苇那么孱弱，但是，上天却让我们成了一杆能行走和思考的芦苇，从而让我们能从痛苦和挫折的经历中追索伟大的真理，能从幸福和快乐的经历中发现美的真谛！

三

当年轻的苏轼弃岸登舟去京城应试的时候，望着送行的亲人愈来愈模糊的身影，他吟咏道："家乡飘已远，往意浩无边。"这一个韵味无穷的"浩"字里，究竟蕴涵了多少他对故乡的依依眷恋，蕴含着多少他对未来生活的无限向往，蕴含着多少无畏地去开拓人生命运的自豪和自信啊！

驾驭着梦想的羽翼，他像雄鹰一样飞起来了，他的才华似乎已得到了幸运之神的接引。然而，当他正以优美的姿势在广袤的天空上享受着高翔的畅快之时，一阵无情的冰雹砸折了他的翅膀，从此以后，起起落落，一生曾因被贬去过8个州县。他的内心深处痛苦过吗？一定！但是，他却在人生的坎坎坷坷之中，悟透了生命的大快乐。

被贬黄州，他写下禅意悠然的文字："惟江上之清风，与山间之明月，耳得之而为声，目遇之而成色，取之无禁，用之不竭。是造物者之无尽藏也，而吾与子之所共适。"可见其心灵已经与大自然有着共同的脉动。

被贬荆蛮之地的惠州时，面对困乏之境，他照样乐然自适。有人说："你怎么像回到故乡一样的快乐啊？"苏轼答道："我已经心可以友玉帝，魂可以朋乞儿，为什么不可以把自己当成出生于惠州的一个屡试不第的秀才，又回到了欣慰无比的父母之邦呢？星空美曼，大地安然，我们为什么非要把自己弄得凄凄怨怨？"

苏轼的文字里，无处不飘逸着他享受生命时的赞叹，这赞叹，不会被岁月的尘埃所淹没。

四

如果我们真的能从心底感悟到生命就是赴的一场丰盈的盛宴的话，那么，根本就不会再存在什么东西能夺去我们燕享的幸福和快乐！

相传在希腊的某个小镇上，有一座特别灵验的神庙，凡有所求者皆有所得，所以，常常会出现一些神迹。有一天，一个拄着拐杖、少了一条腿的退伍军人，也一跛一跛地向神庙走去，路人纷纷向他投去怜悯的目光，甚至有人悄悄地议论说："可怜的人啊，难道他想向神灵祈求再生出一条新腿吗？"这句话竟然被退伍军人听到了，他转过身来笑着对议论自己的人们说："我来这里，并不是想向神灵祈求再有一条新腿，恰恰相反，而是想祈求神灵帮助我，当有一天我失去了这仅有的一条腿后，也知道如何享受生命的美好和幸福！"

一个在别人的眼里最应该抱怨的人，却因怀揣着一颗感恩的心而活得舒心畅快，因为他不是沉溺于失去后的悲哀之中自怜自艾，而是祈求上苍让他在一切的境遇里，都能让灵魂沐浴在幸福的阳光中，活得自由自在。

五

享受生命的真谛，其实，就是充满创意地活着，就是怀着一颗天然有趣的童心，像孩子那样满怀希望和憧憬地投入到生活之中。身在谷底，就以仰望和攀登为乐；人在险峰，便以尽览胜景为荣；把景愿捧在手中，你就能享受到生命中激情浪漫的诗意；把痛苦踏在脚下，你就能享受到心灵里智慧悟悦的隽永。

不执着的心境

马祖道一原来是佛禅里北宗中的佛陀，专事"渐修"，执着于坐禅之功。当他听说南宗怀让禅师的名声后，便来到南岳衡山，虽名为参学，

实有挑战之意。他来到之后，就想"坐"出个样子来给怀让禅师看看。一日，怀让问他："告诉我，你如此坐禅图个什么？"马祖回答："图做佛。"怀让禅师也不多说，就拿一块砖在他面前的一块石头上磨。马祖感到很奇怪，就问道："大师磨砖做什么？"怀让说："磨成一面镜子。"马祖感到很好笑，就说："砖头岂能磨成镜子？"怀让认真地说："坐禅岂得做佛？"马祖迷惑地问道："那如何是好？"怀让禅师又说："如人驾车，若车陷不动，你打车有用吗？打牛有用吗？岂能只执着于一个'打'字呢？"马祖心中一片迷茫，怀让接着开导说，"你是学坐禅呢，还是学做佛？若是学坐禅，则禅悟不是来自坐卧。若是学做佛，则佛更无定相。你若是坐佛，实乃杀佛，若是执着于坐相，执着于成佛，则更难通达佛理，亦更难达到佛境。"怀让禅师的一席话，让马祖如醍醐灌顶，有说不出的畅快，从此告别了坐禅渐修的烦琐之路，转入顿悟之门，在怀让的引领下，最后竟成了禅宗中的一只"踏杀天下人"的神驹，他的一句"平常心是道"，一下子就如狂飙劲风吹草般地折服了天下的僧俗。

成佛可以说是任何一个修禅者的最终目标，但是，佛理却蕴含于万事万物之中，只有以开放的心态，以不执着于某形式或方法的心态，才能更透彻全方位地理解"一花一禅境，一沙一佛国"的真谛。

谈到马祖道一，我就又想起了神赞禅师的故事。神赞曾在著名的大师百丈门下参禅，后来就云游天下，落脚在福州由有名和尚主持的大中寺。开始的时候，有名和尚与寺中众僧都看不起他，便让他充当寺中杂役，他默默地工作，毫无怨言。一日，有名和尚在窗下默诵经文，一只野蜂想从屋里飞出去，见窗子有些光亮，就没头没脑地乱撞窗纸。有名和尚看了看野蜂，又继续无动于衷地读经。看到这情景，神赞深感有名和尚的修行只知读经诵文，与这只野蜂何异？便如自言自语般地说："房子这么大，有门洞开，不从空处出，偏撞窗纸，真是白费气力。"说罢又吟一偈，"不肯出空门，投窗是大痴，百年钻故纸，何时才出头？"这有名老僧虽未得道，但心头还是颇有灵光的，一听心中不觉一动，惊道："何出此言？"神赞说："佛在自心，若一味执着于经卷，何日方能得道开悟，拨云见日？佛法乃活水也，死水岂能养龙？"一席话，说得有名和尚面流喜泪道："老僧到了这般年纪才识得禅宗'不执着'的真诀啊！"

不执着的心境，实质上就是一种旷达、自由、舒展、明畅和超脱的心境，是一种不被某一种形式、观念和方法束缚灵魂的心境。欲成就大业者，欲渴望在未来的岁月里创造人生辉煌的人，往往无不具有这种挥洒自如的心态。可有些人做事，就是喜欢一条路走到黑，认死理，钻进牛角尖里出不来。我有两个邻居，一个姓张，一个姓孙，两家人做生意赚了一点钱，就想在原来的地基上建一座小楼。两家原来的房子中间有几尺的滴水，两家都执着地认为这几尺滴水是自家的，又都执着于"老婆宅地不让人"的观念，在建楼动工的时候，就为这几尺的滴水争了起来，先是两家都想以武力制伏对方，各搬亲朋好友打了一架，结果两家都有人被打伤住进医院，两家主人也都被"请"进了拘留所并被罚了款。后来，不打架了，就又开始了漫长的诉讼之路，两家都不遗余力地走后门送礼托人情，非分个输赢高下不可，官司也打到省里，最后两家都耗尽了钱财，楼不建了，官司也未见输赢，直到今天两家都还住在原地又重搭起的破房子里，但不同的是原来和睦的邻居，如今却成了相见分外眼红的仇人。其实，如果两家不是如此执着的话，肯定还会有更好的解决方法。

不执着的心态，其实正是一种圆融的心态。而"不执着"可以说正是灵魂在这个世界上开的一个门户，一切的智慧，都可以通过这扇畅通的大门，进入人的心灵。正所谓："天高任鸟飞，海阔从鱼跃。随处任方圆，何必寻烦恼？"

旅行，就是修行

那一天，在黄山旅行，路遇一老者，我们两人谈得相当投机。当走到北海的时候，只见松青谷翠，峰崖叠秀，奇观异景，琳琅满目，便禁不住长叹一声："黄山真乃天造地设的绝美盛境，怪不得人们会说'黄山归来不看岳'啊！"没想到我此言一出，便遭到老人家的白眼，他说："年轻人，你将来要走的路还很漫长，可不能人云亦云，轻言'不看'二字啊！黄山的美，独属黄山；峨眉的秀，也是独属峨眉；华山的险，更是独属华山……一山有一山的情势，一峰有一峰的峻美，天下万岳之姿，岂是黄山一身所能担待起的？看山犹如读文章，一篇文章再美，能集天下文章之灵秀吗？旅行，往往就是修行，所以，为人做事，一定要有大襟胸，才能包容天下之妍美，兼收万物之秀逸，以助自己成就大的事业或成功啊！岂可以偏概全？"

老人的话，让我为之汗颜，虽然心里为自己的愚昧而感到羞愧不已，但我依然振奋起精神为老人家叫了一声："好！"特别是老人说的"旅行，就是修行"的话，更将让我铭记终生。因为我们为自己的梦想而奋斗的一生，应该说就是一次穿越生命之源的伟大的旅行，所以，老人家教会了我以一种欣赏和赞美的修行心态，去善待在这一"伟大的旅行"中映入我视线里的一山一水，去善待我读过的一文一书，去善待我遇到的每一个人每一件事，以求修得人生岁月里的成功和卓越的善果啊！

钻石人生

当我们正值青春年少、含苞欲放的年龄之时，谁的心中不渴望着有一个花开烂漫、果实飘香的未来？谁不渴望在今后的岁月里能超越平庸，铸就一段辉煌的人生？可是，我们靠什么才能为自己迎来这样的未来和人生呢？

有一个充满传奇色彩的故事，一定能给我们的心灵以深刻的启示。有一天晚上，一队旅人正行走在途中，忽然，空中乍现一束光亮，并且他们还听到了一个来自空中的声音向他们问好。他们知道这一定是神灵降临到了自己的身旁，禁不住从心里祈求神灵给他们带来好运。然而，空中的那个声音却告诉他们："尽量多地拾一些路边的石子，放进你的行囊中吧，等明天太阳出来的时候，你一定会感到快乐，也同时会感到后悔。"说完那道亮光就不见了。旅人们不解神意，虽然徒步行走已经让他们感到很疲惫了，但是，他们觉得还是应该拾一些石子，当然，他们也不想过多地增加自己行囊的重量了。行走了一夜的旅行者，终于看到了从东方升起的灿烂阳光，当他们从行囊中拿出那些夜里在路边捡拾的石子时，发现它们竟然都变成了一颗颗晶莹剔透、在阳光下熠熠生辉的钻石了。这情景不禁让他们惊喜异常，同时，他们一个个又极其后悔自己没能多拾一些……

这是一个意蕴非常深刻的人生寓言。实质上，我们每个年轻人，哪一个不是夜空下的旅行者呢？而书籍也正是路边的"石子"啊。你再看看我们的老师，还有那些时刻关心着我们成长的长者们，不就是我们遇到的"神灵"吗？他们常常告诉我们，一定要努力地学习，并告诫我们"知识

能改变命运"，"奋斗能铸就辉煌的人生"，然而，我们真正地理解过他们话的内涵吗？古人云："书到用时方恨少，事非经历不知难。"有多少人只有到了考大学名落孙山之后，才知道自己浪费了读书的大好时光；有多少人在工作之后，遇到难题时才明白自己该念的书竟然没有念；有多少人在告别了学生时代之后，才真正地理解了老师和长辈们当初对自己教导的意义啊！

前车之辙，正是后车之鉴。为了将来"灿烂的阳光"升起来的时候能少一些后悔，我们从现在起就尽量多地拾一些"石子"吧！其实，我们捡拾的是石子吗？不是！那每一粒都是闪光的钻石，只不过在那"阳光"还没升起来之前，夜晚掩蔽了它们的光芒而已！让我们多捡一些吧，相信这些钻石会把我们的人生装点得灿烂辉煌，会烘托出我们生命的卓越和壮丽！

这让我想起了大文学家沈从文的故事。沈从文小的时候，是一个非常淘气贪玩的孩子，对学习没有多少兴趣，玩起来倒是忘乎所以。有一年夏天的一个上午，他又逃学了，他的老师毛先生非常生气，下午等他来上学的时候，毛先生就令他在校园里的一棵楠木树下罚站。而罚站对于沈从文来说已不是什么新鲜事，因为这早已不是第一次了。

下课后，当毛老师看到楠木树下站着的沈从文，感觉他年纪轻轻却如此荒废学业，心里实在不是滋味，但听惯了批评之声的小从文也已对说教产生了一种天然的抵触情绪，怎么办呢？当他看到小从文身旁的那株生长正旺盛的楠树，心里忽有所动，便禁不住点了点头。

再说沈从文，看到毛老师来到身边，知道他肯定还是老一套，不就是把自己教训一顿吗？可是，这次毛老师站在他的身边却久久没有发言，小从文心想：这阴云积得愈厚，那雷霆就会愈响啊，哼，我不怕！然而，这次他却想错了。只见毛先生走到他身旁，手抚楠树轻轻地叹口气说："从文啊，你抬头看看你面前的这株楠木树，你看它的树头，昂首向上，心无旁骛；你再看它的枝叶，尽情地伸展，就是为了能攫取更多的阳光和雨露啊！它之所以这样，正是渴望自己在未来的岁月里能成为有用之才啊！一棵小树尚且喜欢天天往上，你作为天地间的一个人，愿意在这棵树的面前成为一个懒惰嬉戏、不思进取的无用之人吗？如果真是这样，你不感到惭愧吗？"

看着面前的楠树，听着老师语重心长的教导，小从文的心感动了，鼻子一酸，止不住落下泪来。毛老师走后，他抚摸着楠树暗自发誓："楠树啊楠树，我一定要比你长得快，总有一天我会超过你！"就这样，这株楠树就永远地在沈从文的心灵深处扎下了根，无论他走到哪里，都会想到他少年时代的楠树，想到毛老师的教诲。经过了许多年的奋斗，他最后成了中国一代著名的作家。

毛先生是一个值得我们敬佩的老师，因为他用浅显易懂的比喻，就让当年不思进取的小从文明了捡拾路边"小石子"的重要，今天我们不是也能从这个故事中得到深刻的心灵启迪吗？愿我们的生命也能像沈从文那样在人生的岁月里闪出如钻石一样的熠熠光彩！

"罪己"的效应

前不久，香港著名的畅销书作家梁凤仪在接受记者采访时被问道："你最不喜欢的是什么人？"她立即回答说："是不肯认错的人。因为这样的人缺乏承认自己过错的襟怀和勇气，更没有智慧去看透认错之后所产生的良好效果。没有襟怀、勇气和智慧的人，怎么可能可爱呢？"

梁凤仪的回答是非常漂亮的，这正如她的为人一样。一次，她应邀到

北京大学做报告，时间是下午3点。当天上午她应邀参观了中央电视台的一个拍摄基地后，觉得时间还很充足，就和基地的领导一起共进了午餐。谁知乘车去北京大学的路上塞了车，结果迟到了一小时。走上讲台，看到台下黑压压坐满的同学，一种歉意袭上心头。尽管主持人一再强调："梁老师迟到是因为塞车。"但是，依然觉得自己是不可原谅的，她说："各位同学，梁凤仪在此向大家诚恳道歉，我迟到了！迟到了是因为塞车，而北京塞车既是平常事，也是人所共知的事，我如何会不知不觉，而不把塞车的时间计算在内呢？还是因为我的疏忽与轻率啊！如果在座的有一千位同学，我迟到的这一小时，对大家来说，就是浪费了一千个小时的生产力量，影响一千个人的心情啊！这不是我的错，是谁的错？我只能盼望你们的原谅！这也让我明白了，以后在常会堵车的境内大城市，如遇重要约会，我会提早到达现场附近，找间咖啡厅，坐下来，还会迟到吗？知过而想办法改善，是赔偿过失的最好办法。大家说是吧？"她的话，不仅赢得了同学们热烈的掌声，更赢得了大家发自内心的爱戴。

把错误揽到自己的头上，而不是找借口敷衍塞责，这在古代叫"罪己"。在中国历史上有文字可查的最早的勇于"罪己"的人是秦穆公。他由于称霸心切，竟然派孟明视、西乞术和白乙丙三位将领率大军偷偷地越过晋境去攻打郑国，蹇叔、百里奚哭谏而不能止。结果，郑国没打下来，回师途中在崤山还中了晋军的埋伏而全军覆没，孟明视等三将只是侥幸逃脱。孟明视等人回到秦国，秦穆公穿着丧服，在城外等候。他对着回来的将士哭着说："我没有听蹇叔和百里奚的话，害得你们吃败仗，受侮辱，这是我的过失。"并且，还在朝堂之上公开承认自己的过错，在全国范围发"罪己诏"，自誓将改前过，用贤人而荣国家，由此可见秦穆公的襟怀、勇气和智慧了。有此度量宏广和关爱下属的君王，想想属下怎能不为他卖死力呢？三年之后，孟明视等三将领率大军东渡黄河，背水一战，把晋军打得落花流水，再不敢与秦军抗衡。此一役，不但雪了崤山之战的耻辱，还从此奠定了秦国霸主的地位。

人无完人，孰能无过，过而能改，善莫大焉。不管是现代的梁凤仪，还是古代的秦穆公，他们都有一个共同点，那就是具有"罪己"的襟怀和勇气，也正是因为他们敢于"罪己"，敢于改过，所以，才赢得了更多人的支持，从而成就了自己。由此可见，敢于"罪己"的人不仅仅只是襟怀宽广的人，往往也是前程无量的人！正像秦穆公所说："若能改过自新，功业则如日月并行天地！"这或许就是"罪己"的效应吧！

不必在乎你的对手是谁

当阿德尔曼统领着他的休斯敦火箭队在NBA大赛中凯歌高奏之时，面对记者的提问，他说："不要以为我们上场赢球了，下一场想当然也会赢。在NBA中不能有这样的想法，我不在乎对手是谁，关键是自己在场上一定要有最好的表现，发挥自己最高的水平！"

"我不在乎对手是谁"，真可谓一句豪气溢流的铿锵之语，在个性的张扬中而又不失内敛；人生在世，竞争可以说无所不在，只有努力去做最好的自己，我们才有可能超越对手得到赢的荣耀，挂在我们生命之树上的期待和梦想的蓓蕾，才有可能绽放她们的美丽。

1990年，大学毕业不久的杨澜参加中央电视台主持人的招考，走进化妆室的那一瞬间，她突然明白什么是"美女如云"了，并且她们大都是来自表演或传媒学院的经过系统训练的学生，而自己的专业却是英语。眼前的这一幕，反而让她本来有些紧张的心平静了下来，她对自己说："我是来参加主持人的竞争的，又不是参加选美的，不管对手是谁，我还是先做

一个最好的自己吧！"于是，她没有化妆就直接走进了考场。考试的题目千奇百怪，淘汰率极高。考官突然问她："你敢穿比基尼吗？"杨澜从容地回答说："穿什么服装是跟社会环境相关的，如果是在欧美的一些裸泳场，穿比基尼也是太保守，但是要到中国的农村，即使穿普通的泳衣也都太大胆。所以这不是一个敢不敢的问题，而是适合不适合的问题。"她的回答太精彩了。后来又经过了数轮拼杀，她竟然从1000位竞争者中胜出，从而为她日后成为中国著名的主持人奠定了坚实的基础。

俗话说，没有金刚钻，也揽不了瓷器活。自己心中没有一点底气的人，恐怕也不敢说"我不在乎对手是谁"的话。那么，这底气又是来自何处呢？

在2008年的奥运会上一个人独揽游泳8块金牌的菲尔普斯，可谓傲视群雄的典范，他曾毫不讳言地说："我不在乎对手是谁，我只在乎成功，讨厌失败！"然而，在平时的生活中呢？他却把能与自己抗衡的游泳名将的照片贴在自己的床头，每次睡觉前，他都会朝着对手瞪一眼说："看着吧，我明天就超越你们！"第二天早上醒来的第一眼，便看看床头照片上的那些对手，如果他想睡懒觉，就会觉得照片上的对手也同样在看着他说："小子，你落后啦，我们早已开始训练了！"于是，他便飞身起床，立即投入到艰苦的训练之中……这便是菲尔普斯的底气之源吧！

不在乎对手是谁，并不是目中无人、狂妄自大，而是我们不必把对手当成一座大山压在自己的心灵之上，而是我们在不断地做好、做大和做强自己的同时，也把自己铸成一座他人难以与之争高的大山。有了这样的底蕴和底气，不管面前的对手是谁，我们的胸中自然就能涌起"会当凌绝顶，一览众山小"的豪迈。在人生中的挑战和竞争中，唯有敢于不断地超越自我的人，才能最终超越自己的对手。所以，我们应该常常提醒自己的是：做最好的自己，不必在意自己的对手是谁！

心灵的容貌

前天和一个研究心理学的朋友聊天，突然想起了一个现在非常的流行却也非常玄乎的词："心灵的容貌"，便禁不住问道："心理学家总是说，可以通过测试来看清一个人内在心灵容貌的美与丑，然而，关键的是我们都是普通的人，你能否用更通俗一些的话，让我们也能学会识别自己或他人心灵容貌的美丑呢？"

朋友说："外在的容貌之美丑，可以说一目了然，不管人们的审美情趣有多大的差异，看到西施便不会有人说她丑，而看到卡西莫多（《巴黎圣母院》里的打钟人）也不会有人说他美。当然，心灵的容貌虽然是内在的，看起来是挺神秘的，但是，凡事都有一定的规律可循，心灵的容貌也概莫能外。比如说，凡是看过弥勒佛的人，都能从他那张笑容灿烂的脸上，感受到他内心里的阳光，并能分享到他的快乐；如果一个人生活在世界上，也有着这样的一张脸，我想你一定能从这脸上看到他心灵的健康之美。同样，当你看到一个如杞人般整天因为担心某件事情而终日精神恍惚、面色憔悴的人，你能够感受到他心灵的美吗？不会，只会感受到他的可怜和可悲，感受到他心灵的猥琐和丑陋。由此可知，心灵的容貌，往往会映射到一个人的面容或行为上。"

我叹服地点了点头，但心里还有想问的问题，却不知怎样开口。

朋友似乎看透了我的心思，接着说："一个人若脸上长了烂疮，无论如何容貌也美不起来；同样的，一个人的胸中郁积了某种心结，这就与

脸上长疮是一样的，心灵便也美不起来。所以，脸上长疮，需要治疗，心灵上长疮，也同样需要治疗。去掉了心结，打开了心门，你才能活得舒心畅快、乐活轻松。此时，别人会评价你说："看他活得多么滋润和洒脱啊！"这评价，就是别人看到你心灵的健康之美了。"

最后，朋友说："我们知道，一个人的容貌可以通过美容而变得更靓丽起来，通过使用化妆品会让我们看上去更年轻更漂亮，通过手术的整形和药物的注射，能使这个世界平添许多人造的美女或帅哥。同样，心灵也可以通过不断的美容而变得越发光彩照人。不同的是，心灵的美容不需要药物和动刀，只要我们能不断地用知识来充实自己的大脑，用对美的不断追求来提高个人的修养和品位，那么，我们的心灵容貌就会越来越美，这美映射于外的便是我们的气质和风度越来越迷人！"

我笑了，这正是我想要的答案。

性格不一定决定命运

沃伦·哈定是一个喜欢说"是"的人，而克利夫兰则是一个喜欢说"不"的人。他们两人虽然性格迥异，但是，他们都以自己的奋斗方式，最终登上了美国总统的宝座。

哈定的童年是在农村度过的。从学校回到家里，无论是安排他挤牛奶、喂马，还是让他收割庄稼、油漆谷仓，他从不讲价钱；少年时代，他在《喀里多尼亚守卫》周刊的一个印刷所里当学徒。在那里，他除了默默地干活，从不与人争执任何问题。以至有一天，他的父亲感慨地对他说："沃伦啊，你生下来不是女孩，真是你的福气！"少年哈定好奇地问为什么，父亲回答说："如果你是女孩，你会老是怀孕，因为你不会说'不'！"

然而，让他的父亲没有想到的是，这个性情温顺的少年，是一个极其有心的人。几年的学徒，他让自己成了一个办报纸的行家里手。在他15岁进入俄亥俄州的伊比利亚的中心学院学习时，他竟让自己集编辑、总编于一身，办起了一份校园报纸《伊比利亚旁观者》。

大学毕业后，他买下了一家濒于倒闭的马里恩《星报》，凭着自己多年积累的办报经验和热情，很快就使这份报纸成了家喻户晓的大报。通过办报，他不但使自己成了一个资金雄厚的企业家，同样提高了自己的知名度，这为他步入政界打下了坚实的基础。

在1920年的美国总统的大选中，共和党内部因找不到各方利益的共同代言人，否决了一个又一个候选人的提名。最后，当哈定被作为候选人提出来时，竟因为他一直坚守自己的中庸之道没有政敌而成功通过了。在竞选的辩论中，尽管对手考克斯揭了他许多的短处，但他却始终不忍心"破坏考克斯先生好人的形象"，不肯说他的坏话。这样反而为自己赢得了更多的选民，当选了美国第29任总统。

而克利夫兰呢？他自幼就是一个充满反叛性格的人。他的父母希望他长大以后仍像父亲那样献身于神职工作，然而，他却有着自己的想法。在他还只有9岁的时候就曾写过这样的文字："如果我们希望成为一个伟大和优秀的人物，并得到朋友的尊重，我们就必须在年轻时像华盛顿和杰克逊那样利用自己的时间。"可谓人小志大。

在他上了中学以后，父亲因病去世了。尽管他非常渴求知识，迫切希望在学校里继续学习，无奈因为家中失去了收入，只得外出打工。一年后，有一位热心人表示愿意资助他读完大学，条件就是毕业后要干牧师这一行。然而，倔强的克利夫兰拒绝了，他宁愿一边打工一边自学。在他不断努力下，22岁的时候通过了国家律师考试，成了一名正式的律师。

在其后的岁月里，他几乎是一直在保持着说"不"的势头。做法官的时候，由于他的廉洁，使一些政客在他的管辖区域内无空可钻，让这些人伤透了脑筋；在他做布法罗市长的时候，人们就曾送给他一个"否决市长"的外号；他做纽约州长的时候，更是不怕得罪人，勇敢地与当地的利益集团展开斗争，以杜绝各种舞弊行为。就这样，他在一次次的说"不"中声名大振。1884年他被提名为民主党总统候选人。最后在竞选中击败对手，登上了第22任总统的宝座。任期满后，竞选失败，没能连任，但在1892年的竞选中再次获胜，又一次执掌了第24任总统的权杖。在他两度总统的任期内，他竟然否决了国会法案584件。

哈定的性格可以说是柔得像水。虽然他常说的一个字是"是"，但是，他却是一个"中庸而不平庸"的典型人物。在他十多岁做学徒的时候，便已经钻透了办报的精髓。成年后，更是在报业所向披靡，取得了辉煌的成就，并以此为契机，杀向政界。最后，竟然还是因为他是一个喜欢说"是"的"中庸"人物而成了一国的总统。一个"是"字，是不是在他的人生岁月里，渐渐地演化成了他的内在智慧和处世韬略？

克利夫兰是一个硬汉子，他的"不"可以说就是一把劈向尘世的利剑。在他的个性中最值得称道的就是他从不向邪恶妥协的品格。他一生都在追求卓越、追求优秀，他的为官信念就是"公共职务就是公众的信任"，并且，他敢于向一切有违于他的这一信念的事或人说"不"。他鲜明的个性以及他办事公正透明和雷厉风行的作风，使他成了民主党的骄傲和出色的候选人，并且两次当选为美国总统。

由此可见，不管你是一个说"是"的人，还是一个说"不"的人，只要你办事认真，勇于进取，有自己的理想和追求，最终都能像哈定和克利夫兰那样登上生命辉煌的巅峰。从他们的成功中，我们可以看到：性格不一定决定命运，做事的态度和内心追求才决定着一个人的未来！

天命与造命

　　在中国历史上，曾有过这样一段影响深远且又发人深省的对话。唐德宗因用人不当，造成了建中之乱，事后却毫无悔意地辩解说："这都是天命所致，非人力可以改变的啊！"宰相李泌反驳道："天命，其他人说说还可以，但君主和宰相却不能把一切都归之于天命，因为君王和宰相是造命的人啊！如果说一切都是源自天命，那么，还用得着赏善罚恶了吗？"

　　这段对话中，最为出彩的一个词就是"造命"。当初德宗启用卢杞之时，便有一些忠直的大臣指出卢杞是奸佞小人，但因他会阿谀奉承、迷惑君心，还是被任命为宰相。卢杞一旦大权在握，便排除异己，陷害忠良，最后激怒李怀光，致其反叛。这一切都是德宗咎由自取，哪里是什么天命呢？唐德宗是企图以"天命"二字，来掩饰自己因为用人不当而给国家带来的祸患。李泌一针见血的批评，终使德宗醒悟，从此不复言天命。

　　时光从唐朝流转到了宋朝，宋太祖赵匡胤在陈桥驿黄袍加身，做了皇帝之后，有一天与群臣闲聊时说："我20多岁的时候，有一个老和尚曾对我说：'赵公子方面大耳，日后必贵不可言。'一个人的命运真的就写在脸上吗？朕今天坐在这把龙椅上，大概是天命所归吧！"

　　听了太祖的话，有些大臣随声附和，但宰相魏仁浦却说："算命和相面之人的话，哪里能当真呢？想当年，如果人们从面相上就能看出陛下将做天子，巴结奉承还怕来不及呢，您哪里还会遭受那么多的劫难？陛下做了天子后，派人去接太后，听了使者的恭贺，太后第一句话就说：'我儿素有大志，有此今日，不足为奇！'太后才最明白是什么让陛下开创了今

天的基业：是陛下胸中超人的志向，是陛下出生入死的奋斗啊！太后还一再告诫陛下，天子位居万民之上，如果治国有道，天下归心，当然能在宝座上稳享尊贵，但是万一出现失误，驾驭不了国家，那时恐怕就是想做一个平民百姓都难了！"

魏仁浦的这番话，让宋太祖幡然醒悟，不再沉溺于天命的幻想之中，而是日日读书不辍，精心治国，这才打造了大宋日后的繁荣。

其实，"造命"一词并非专属于王侯将相，从更广泛的意义来说，我们每一个人都是自己命运的创造者。"乒乓皇后"邓亚萍说过：我从来不信命，每个人的命都掌握在自己的手里，有人说我命好，为世界乒坛创造了一个常胜将军的奇迹，可是老天绝不会将桂冠戴在一个从未付出汗水、泪水、心血和智慧的人身上，我自己满身的伤痕就是明证。是啊，一个曾因"个子矮，手臂短"，被宣告不适合打乒乓球、没有发展前途的运动员，最终却成就了乒坛神话。她不向命运屈服，不信老天眷顾，创造了自己的命运，创造了奇迹，我们又有什么理由再拿"天命"二字说事呢？

当我们用"天命"一词来掩饰失败或炫耀成功的时候，我们的思想便有可能在"天命"中沉沦或堕落；只有当"造命"一词成为我们的信念和动力的时候，我们才会感受到生命的生机与活力！人的出身可以不同，但是，一个"造"字，却是我们通往伟大和成功的共同之路！让我们都来做自己命运的创造者，为美好的明天而不懈奋斗吧！

脸小乾坤大

夏日的黄昏里，我与一个老中医坐在清风徐徐的河边闲聊，突然，老人家盯着我的脸端视了好一会儿没有出声。我被他看得心里有些发虚，问道："老人家，你这么关注我的脸，是不是看出了点什么啊？"

老人家笑了笑，说："我从小学医的时候，老师就一再告诉我，'人心险平，看眼；寿命长短，看脸。' 从医一辈子，养成习惯了，呵呵，与人在一起，就总想往脸上多瞅几眼。"

我说："老人家，都知道眼睛是心灵的窗口，这第一句话我能理解，可要说'寿命长短，看脸'，我就有些不解了。人的寿命，怎么会写在脸上呢？"

老人家说："脸小乾坤大啊。看脸，其实，我就只看脸上两处：一个是眉间，一个是嘴边。若一个人总是愁肠内结，心境忧郁，思虑过度，多疑寡断，看不到生活的希望和人生的美好，那么，眉间必然形成深深的'八'字纹。'八'纹，乃挤压扭曲所致，属阴。阴气过于浓重，则心境难爽，便会郁积于腑脏；久阴则毒生，腑脏不堪其腐蚀，必然发而为病；有病在身，必然将进一步恶化心绪。人若一旦陷于心与病相互摧残的恶性循环之中，健康不存，哪里还会有长寿之理？眉间'八'纹，实为割寿之刀啊。所以，我的老师就曾不止一次地对我说过，'眉头常皱，必然折寿！'小兄弟，你可要当心哟。"

老人家的话，让我心头暗惊，平时不太注意的眉间"八"纹，竟然蕴含着如此大的学问。我禁不住好奇心的驱使，又接着问道："那嘴边能看出什么呢？"

老人家说："一个人如果常常忍俊不禁，心中的喜悦漫溢，必然口角上挑，便会在嘴边形成一个小'括号'；一个人若是爽朗畅快，常常大笑不止，牙齿常晒太阳，那么，这个'括号'更是弧度飞扬，犹如相对而出的两轮半月，镶在脸颊之上，奕奕的神采，灿然生光。从它形成的原因上我们便可以看到，括号者，实乃舒心畅意、气贯神通之映照，当然属阳；因为'括号'是在嘴的两边，又象征着阴阳的平衡，因此，它括住的是身体的健康、精神的疏朗、生命的活力、悠然而乐的心境和对人生绵延不绝

的希望。处于这样的生活和精神状态的人，你说他能不健康长寿吗？"

真是听君一席话，胜读十年书，心里好不畅快啊。原来我们的脸上，还真的直透着我们的心态优劣、人生沧桑和生命状态等重要信息啊。因此，我们平时还是常常照照镜子，看看脸上正在增加或不断加深的：是眉间"八"纹，还是嘴边"括号"吧！

梦想的力量

梦想是上苍送给我们生命的一份最有魔力和最为神奇的礼物，一旦我们接受了这份礼物，她就将把我们变成一个无所畏惧、勇往直前且又充满浪漫精神的骑士。

费利斯是一个意大利军人，20世纪20年代，作为战俘被囚禁在肯尼亚中部的高地上，每天都能透过监狱的铁丝网，遥遥地看到肯尼亚山的海拔17000多英尺的白雪皑皑的主峰。那里有着许多令人神往的美丽传说，是肯尼亚人民心中象征自由和梦想的圣地。

有一天，在费利斯的心中突然产生了一个狂野而迷人的梦想——站在高山之巅，俯视苍茫空旷的高原，并以此来向世界宣布作为一个战俘对自由和胜利的渴望。虽然他从未接受过登山训练，监狱的伙食也已让他虚弱到了营养不良的地步，但是，胸中的渴望之火却一天比一天炽热地燃烧，他决心不管存在多少艰难险阻，都要从这里走出去实现自己的梦想。

当他悄悄地把自己的梦想告诉囚伴的时候，他们竟然一个个惊得目瞪口呆："我们现在都身陷何种境地了，你还有这样浪漫的梦想。你知道，从这里走出去的结果，等待着你的可能就是一颗穿透胸膛的子弹。"他坚定地回答说："与其在这所监狱里度日如年地傻待着，还不如让我登上山顶自由地望一眼这个世界就死去呢！"

尽管许多人都觉得他有点不可思议，但是，很快却都被他的热情和执着所感染，都在默默给他的登山计划提供着尽可能的帮助。他们宁愿挨饿，也要从少得可怜的食物中为他留下一点；他们拿出仅余的衣物凑在一起为他缝制帐篷……

一天夜里，他成功从战俘营逃脱，并且身后还跟来了两个自愿者。他们日夜兼行，用了9天的时间终于来到了肯尼亚山的脚下。他们首先试着向最高峰挺进，但由于缺乏登山的专门技能，三天后宣告失败。接着又选择了16000英尺高的勒南纳峰，这一次，他们成功了！当他们踏着峰顶的皑皑白雪，极目眺望山下很远处的战俘营时，心中涌满了快乐和幸福的潮水……梦想，就这样在刹那间变成了现实！

下山之后，他们就发现了食物严重的不足，他们必须尽快地赶回去向囚伴们宣布这一胜利的消息。他们扔掉了所有的登山设备，轻装前进……虽然一走进战俘营，就被震惊万状的追捕者打得死去活来，但他们的脸上却始终挂着满足的微笑，心里充满着实现了自己的梦想后的自豪和宁静，因为他们真真切切地感受到了为自己活一会儿的欣悦和浪漫。那一天，战俘营的最高长官特意来到关押费利斯的禁闭室对他说："我之所以没有下令枪毙你，完全是因为对你实现自己梦想的意志和勇气充满敬意！"

费利斯的故事，可以说是一个非常美妙的人生寓言。他本可以像所有的人那样，一天天地待在战俘营里，默默地等待命运的安排。然而，他却像一个青春少年一样胸中诞生了伟大的梦想，从此，他的心灵开始燃烧，他要像一个勇士一样无所畏惧地去实现自己的梦想。他的意志和激情感染了所有的人，在他们的帮助下，在历经了种种磨难之后，他终于铸梦成真，就连他的敌人也对他充满敬意。

人生，有了梦想，生命里才会充满不可战胜的力量，心灵里才会开满

浪漫的花朵！因为梦想给了我们勇敢飞翔的翅膀，铸梦成真的历程让我们的生命充满了价值感和伟大的意义！

生命如诗

每当看到一条鲜活的生命在瞬间消逝的时候，我们都禁不住心头的痛苦悲怆而黯然泪流，这种让我们灵魂悸动的情愫，并不是对人生命运的哀叹，而恰恰就是我们对生命的炽爱、对生命的渴望、对生命的礼赞和崇仰的证明；对死亡的恐惧，也正源于我们对如诗一样曼妙的生命的依恋；厄运和不幸往往就像一个三棱镜，通过它更能折射出生命的美丽和绚烂。

我们炽爱生命，是因为在人生的岁月里，我们可以尽情地享受阳光的明媚，月色的朦胧，青山的巍峨，草原的辽阔，江河的奔腾，湖泊的明净，春花的娇美，秋果的香艳；我们可以登上峰巅，慢慢地感受莽莽大地绵延的空旷；我们可以坐在海边，静静地聆听层层波涛奏响的和弦……生也何幸，我们可以随意地享受大自然赐予的丰美的盛餐。

我们渴望生命，是因为在人生的岁月里，我们可以作为一个开拓者，去创造一个个前人不曾创造的奇迹；我们可以作为一个奋斗者，在战胜一次次的挑战中铸就生命的辉煌；我们可以作为一个探索者，去掌握和揭开宇宙间的一个个奥秘；我们可以作为一个梦想者，怀着对未来的憧憬和激情去完成一桩桩伟大的业绩；我们可以作为一个追求者，在不断地超越自我中成就人间的卓越……活着，一切皆有可能！

我们依恋生命，是因为在人生的岁月里，我们永远都能感受到血浓于水的亲情给心灵的安慰，无论我们走到哪里，都有一份牵挂和思念温暖着自己；我们永远都能感受到燃烧的爱情带给自己的激情浪漫和幸福快乐，我们的生命会因那灵魂与灵魂交融的爱而变得圣洁和美丽；我们永远都能感受到纯洁无私的友情带给心灵的温馨，落难时会有一双双援助之手拉我们走出困境，挫败时我们会在一声声的激励鼓劲中奋发崛起，绝望时会有人给我们点起一盏盏照亮前路的心灯……只要我们的心还在跳动，就能时刻感受到人间的温暖。

我们礼赞生命，即使她柔弱像一棵小草，也不会惧怕狂风暴雨的蹂躏，就是遭遇了山崩地裂的灾难，它依然会顽强地从石缝中探出头来，吐翠绽绿，向着太阳唱起快乐的生命之歌；即使它娇嫩像一朵小花，也不会在乎严寒冰霜的摧残，就是被天火雷电击中，她依然会孕育自己的果实，捧出成熟，向世界奉献自己的甘美和香甜。逆境里永不沉沦，顺境中积极向上，不因自己的弱小而自卑自贱，不因无法抗拒的灾患而自艾自怨，这就是生命的伟大和崇高。

生命如诗，意蕴悠远，我们能在岁月之途的行吟中慢慢洞悉生命的大美，透悟生命的意义和真谛；生命如歌，旋律舒展，我们能在心灵之琴的演奏中渐渐地理解生命的神圣，懂得生命的本质和内涵！

谁唤醒了你的雄心

没有火种，点燃不了化铁铸钢的熔炉；没有弹拨，琴弦上奏不出撼人心魂的旋律；没有榜样，唤醒不了我们胸中的雄心壮志。平凡是因为你有一颗安于平凡的心，伟大是因为你有一个追求伟大的灵魂。

当奥巴马以黑人身份就任美国第44任总统的时候，为什么全世界都为

之震惊？就是因为他生活在一个曾经以肤色来论贵贱的国度里。青少年时代的奥巴马，也曾为自己的肤色自卑过，彷徨过，甚至沉沦过，但是，林肯的传记以及他所创建的伟大业绩，唤醒了他胸中的雄心抱负，点燃了他渴望铸就辉煌人生的激情之火；他以林肯为榜样，开始了在自己的希望与梦想之路上不懈的追求和无畏的前进。他说："林肯经历过无数的失败和挫折，但是，正是这些挫败催成了他心智的不断成长，正是这些挑战把他熔炼成一个不可战胜的伟人。"这是林肯的伟大之处，也是奥巴马的动力之源。

当年，奥巴马作为一个受人歧视的黑孩子，为了满足自己的虚荣心，他不惜编造说自己的父亲是一个非洲的王子的谎言，从而来说明自己有高贵的血统，当谎言被戳穿的时候，在同学面前他都不敢抬起头来。今天，在林肯精神的激励下得以实现伟大梦想的奥巴马，已经站在总统的位置上向世界再一次证明了：一个人的伟大和卓越，不是来自他皮肤的颜色或血统的贵贱，而是来自他的雄心壮志和百折不挠的理想追求。

试想这个黑孩子，从不曾因林肯或任何一个伟大人物而感动、而感召、而奋起，那么，人们还会在芸芸众生之中找到奥巴马这个人物吗？

当然，作家房龙在《美国史事》一书里，也曾经提到过这样的一个问题：是岁月里的什么东西，激起了林肯渴望创造伟大未来的抱负雄心？房龙又接着回答说：是华盛顿的伟大和功绩。这个因为穷困而只上过一年学的少年，却有着无法抑制的旺盛的求知欲，其中，他最喜欢读的书就是《圣经》和《华盛顿的生平》。

我们知道，尽管每一个成功者的成功都是不能复制的，但是，每一个成功者的成功都为后来者昭示了一种可能："我也可以这样有意义、有价值地度过自己的一生！"尽管每一个卓越者所走过的通往卓越的道路也都是独一无二的，但是，每一个卓越者留下的足迹都能让后来者看到一种希望："我也可以走出这样的一条属于自己的道路！"

年轻的朋友们，谁将唤醒或已经唤醒了你的壮志雄心？记得有个伟大人物曾说过这样的一句话：平凡者很现实地活着，却不能创造生活；创造生活的唯有那些雄心勃勃、信念坚定的人！

谣言止于智者

谣言来源于污浊的灵魂，它是散布者为了达到某种不可告人的目的而捏造的谎言。

谣言是可怕的：它有一种邪恶的力量，能给人的心灵带来莫名的恐慌；它能让人处于多疑猜忌的境地难以自拔；它能摧毁人与人之间的信任，给友情、爱情、亲情笼罩上一层挥之不去的阴影。然而，对于那些不相信谣言的智者来说，谣言的力量却等于零——他们能识破谣言，并且绝不会让谣言插上"飞翔"的翅膀。

蠢人常常会因为听信谣言而害人害己。战国时期，秦军进犯赵国，把赵国的门户重镇上党团团围住。赵王派廉颇率大军救援，走到长平时，上党已被攻下。面对秦军的凌厉攻势，久经沙场的廉颇知道秦军锐气正盛，便筑阵相拒，摆出一副要打一场持久战的阵势。秦军远离本地作战，意在速战速决，可廉颇只守不攻。秦军害怕了，因为他们经不起拖！于是，便派人到赵国散布谣言，说：廉颇年老软弱，害怕秦军，不敢出战，要是让年轻力壮的赵括带兵，秦军就会因为害怕而溃败退走。赵王果然听信谣言，派赵括前去接替廉颇为将。结果是赵军大败，四十余万大军被秦将白起悉数坑杀。若不是魏国及时相救，赵国恐怕就被秦军顺势给灭了。赵王听信谣言的结果是：赵国差点招来灭顶之灾。

　　愚蠢的人经不起谣言的迷惑，而智者却往往能化谣言于无形。同样是在战国时期，魏文侯派乐羊去攻打中山国，三年未下；在此期间，各种谣言纷起，说乐羊围而不攻是想拥兵自立。然而，谣言并没有动摇魏文侯对乐羊的信任，他一面派使臣慰问前线的部队，一面又加派作战的兵力。打下中山国归来之后，魏文侯送给乐羊两个箱子，乐羊打开一看，顿时大惊失色、汗如雨下，原来箱子里都是说他有异心的奏章。试想，如果魏文侯当时听信了"乐羊想拥兵自立"的谣言，结果会是怎样？恐怕中山国依旧是中山国，而乐羊却早已成为刀下之鬼了。

　　因为轻信谣言，多少王朝走向没落，多少同邦离心离德，多少事业毁于一旦，多少朋友成为对头。谣言无腿，却能像风一样四处游走，一旦遇到昏庸发热的头脑，便会掀起狂涛骇浪，吞噬理智的航船，铸成无法弥补的大错。

　　那么，我们究竟该如何对待谣言呢？让我们来听一个故事：一个人风风火火地跑到一位哲人那儿说："我有个消息要告诉您……"哲人打断他的话说："等一等，你要告诉我的消息，用三个筛子筛过了吗？"那人不解地问："哪三个筛子？"哲人说："第一个筛子叫真实。你要告诉我的消息真实吗？"来人说："不知道，我从街上听来的。""第二个筛子是审查。你要告诉我的消息审查过了吗，是善意的吗？"那人踌躇地说："不，刚好相反。"哲人说："第三个筛子是掂量。这个如此让你激动的消息重要吗？"那人不好意思地说："都是街头巷尾的传说，无所谓重要不重要。"哲人说："这消息既然一不确定是否真实，二非善意，三不重要，那就别说了吧，免得人们被这虚假的谣传所困扰。"

　　朋友们，谣言止于智者，让我们把这三个"筛子"放在心中，相信我们一定能在谣言面前做一个"智者"，而不是谣言的迷惑者、传播者和受害者。

送你美丽的月光

关于月光的故事，永远都不会老，因为这月光，是造化用最富有诗意和禅韵的音符，奏响的最能穿透人类灵魂的歌谣，静静地聆听，你便能听懂从以太流泻的宇宙的奥秘，便能从这月光之歌的旋律中感受到造物对我们心灵最欣悦的慰藉，便能从这旋律的节奏里感受到大自然的脉搏在我们生命里的波动。不管我们人在何方，亦不管我们身处何境，只要在迷蒙的夜晚，偶尔抬头看见月亮，还能被她朗润的月辉所感动，那么，她就会唤起我们心灵深处对过往岁月最美好的怀想，唤起我们对未来生活最热切的渴望……

每次行走在月光下，我的心中都会涌动着一种难以诉诸语言的感动，因为这月光，总能让我想起一个与禅有关的故事……

良宽禅师是一个心地善良、生活简朴的人，化缘所得，他几乎都资助了穷人。平时，就一个人住在山中的茅庵里。一个风清月净的晚上，禅师出外散步，归来的时候，正撞上一个小偷在庵中搜索。小偷竟然没有找到一样值钱的东西，刚想离开，转身看见良宽正站在门外，小偷有些惊慌失措，良宽却安慰他说："你从远处而来，一定是因为生活所迫，总不能就这样让你空手而返，我庵里真没有什么值钱的物件，我还是把自己身上穿的衣衫送给你吧！"说着，就把衣衫脱下，递到小偷的手中。小偷也许是太穷的缘故，拿了衣衫就跑。良宽赤着上身，注视着小偷匆匆离去的背影，大声说："如果我也能把这美丽的月光送给你，该多好啊！"

月光本身是没有分别心的，她朗照天地，辉映万物，人人皆可得之。同沐在月光之下，为什么良宽禅师还说不能把月光送给小偷呢？其实，在良宽的心里，美丽的月光，就是人的自性，是人人都有的宝藏，但是，若是人的心中一片雾霾，这月光便难照亮自己的灵府，哪里还谈得上滋润其灵魂呢？良宽说送他美丽的月光，其实，正是渴望着能为其驱散迷雾，让自性的月光照彻他的精神世界啊！据说第二天的早上，良宽打开庵门，蓦然发现昨晚的小偷，正双手托着禅师的衣衫，默默地跪在地上……

说实话，我特别喜欢这则禅宗公案的这个结局。作为人，我们谁不曾有过迷茫的岁月？据说，良宽的侄子，曾沾染上了一身的恶习，整日花天酒地，浪荡成性，几乎要把家产挥霍殆尽，亲人求助良宽，希望他能用佛法开导不务正业的侄儿。良宽回到家乡，侄儿以为会受到老伯的教训或苛责，然而，一连几天，良宽都是很愉快地和侄儿相处在一起，装出一副什么事都不知的样子。临走的时候，侄儿送他，良宽的草鞋系带开了，他伏身很久，都没把系带穿进鞋眼里。侄子连忙蹲下帮伯父，良宽抚着侄儿的背，叹了口气说："人老不中用了，连个鞋带都穿不进去。看来人生还是得趁年轻的时候把理想通通完成才行啊。"听了这句话，侄儿竟然感动地哭了，他站起身来，拉着良宽的手说："伯父，我知道自己错啦！"

良宽没有说一句责备侄儿的话，但是，他却驱散了侄儿胸中的尘雾，让他的那枚自性的月亮挥洒出了朗润皎洁的光芒来。爱一个人，就要给他尊严，这才是通过你的手，送给他的最美丽的月光啊！借你的这片月光的映照，他也一定能发现自己精神世界里的那枚清明玉润的朗月。

良宽的名声，曾引来一个僧人极度的嫉妒，一次相逢，竟然无事找事，打了良宽。僧人刚转身走开，大雨却不期而至，良宽看着雨中僧人的背影，赶紧跑过去把伞递到他的手中说："你还要走很远的路，这伞你带上吧，别淋坏了身子。"等那僧人回过神来，良宽已经走远了……

这良宽送给那僧人的哪里是伞？分明是自性朗澈的月光啊！

破颜与破禅

当我们忍俊不禁之时，会感受到灵魂深处有一股瞬间爆发的美气，以风掣雷行的迅捷，冲决而出，在这一刹那间，它冲破的到底是素颜，还是禅机呢？

自两千多年前的灵山会上，佛陀拈花，迦叶微笑的那一刻，这对师徒便揭示了笑与禅的奥秘和玄机。禅的灵魂，落在一个"妙"字上，而这个"妙"字，恰恰又是发笑之触机。所以，当我们破颜一笑之时，可以说也正是破禅契妙之日！

禅，并不高深晦涩，她是自性澄澈后的静朗，是内心从种种贪婪、执着中解脱出来之后的恬悦、闲适和睿智。

有人问大珠慧海："和尚修禅问道，还用功吗？"大珠说："用功啊。"又问："如何用功？"大珠答道："饥来吃饭，困来即眠。"问者说："大家都是如此，这与和尚的用功还有不同吗？"大珠说："不同。"问："为什么不同？"大珠说："有人吃饭时他不肯吃饭，百种须索；睡觉时他不肯睡觉，千般计较。你说能相同吗？"问者颜莲顿开，会心一笑。

问者笑什么？想必都能感受到。禅，是对大千世界之美、生活生命之美的体悟，一旦心中有了百种索取、千般计较，那么，"饭"还能吃出"饭"味，"觉"还能睡出"觉"香吗？

夏末的一天，仰山慧寂去见老师沩山。沩山说："一个夏天都不见你

上山来，你在山下都忙些什么啊？"慧寂说："我在山下，开了一片田，在种萝卜呢。"沩山说："你这一个夏天，没有虚度。"慧寂反问道："老师这个夏天都在做什么？"沩山说："我也没忙啥，白天饿了就吃饭，夜里困了就睡觉。"慧山听了，便说道："老师这一个夏天，也没有虚度呢。"这话一出口，师徒两人，都忍不住哈哈地笑了起来……

这是两个得道者开心的笑声，此时的慧寂，在沩山的点拨下，已达悟境，看似师徒俩在谈论寻常的生活，实质上，却是在论禅：开荒种菜任流年，是禅；饥餐渴饮困时眠，也是禅啊！两人的心，都跳动在相互印证、相互欣赏的妙境里，怎能不快乐、不惬意地开怀而笑呢？

宋朝有个叫柴陵郁的和尚，久参不能契悟，常常颦眉蹙颇，心神难安。一天乘驴过桥时，不小心坠落桥下，谁知这一跌，竟把他跌入了禅境，忍不住狂喜而笑，并作破禅诗偈一首：我有神珠一颗，久被尘劳关锁。今朝尘尽光生，照破山河万朵！

诗中破蕾而绽的，是万朵喜韵悠悠的笑之花，还是万朵妙意绵绵的禅之花？

年龄与心灵

——

年龄，常常是我们心灵深处的一个难以化解的死结，愈是大梦在胸、心雄志高之人，愈是对之敏感激昂，历史上最著名的关于年龄的一叹，是来自东晋。年已57岁的大司马桓温第三次率兵北伐，路过金城，蓦然看见自己20多岁任琅琊太守时亲手栽种的柳树，经历30余年的风雨，已是老态毕现了，攀枝执条，潸然而叹曰：

昔年种柳，依依汉南；

今看摇落，凄怆江潭；

树犹如此，人何以堪！

这诗意的一叹之所以动人心魄，就是因为他道出了烈士暮年、英雄末路的凄然和无奈；梦想无边，生命有涯，尽管在年轻的时候，我们都曾经高唱过"少年壮志当拿云"，但是，青云路上，终有一天，我们突然发现自己走得再也不那么体健身轻了……

年龄，就这样变成了心灵深处的一滴滴泪水！

二

凡俗之人，总是会被执着的顽念所困缚，所以，难以活出风轻云淡的轻松，而一旦超脱了功名利禄的牵绊，以无为的心态，做有为的事情；以超越的精神，铸超拔的人生，这样，心灵自会有一份不为物役、不为利趋的洒脱。

大智是佛光禅师的弟子，他出外参学了20年后归来，见师父依然像他未出游时一样，总是第一个起床诵经，然后，便是不厌其烦地对一批批前来礼佛的信众开示，讲说佛法。一回到禅堂，不是批阅学僧心得，便是拟定信徒的教材。一天到晚，总有忙不完的事。

一天，大智向师父汇报了自己在外参学的种种见闻和心得后，问道："师父，这20年来，你一个人还好吧？"

佛光禅师说："很好！很好！讲学，说法，著作，写经，每天都在法海里泛游，世上没有比这更欣悦幸福的生活了。"

大智说："这一晃就和师父分别20年了，你还像以前一样的忙碌，怎么就不觉得自己已经老了呢？"

佛光禅师说："我没时间感觉老呀！"老师的话，让大智的心里顿生一种朗悟的快感。

是啊，一个心灵充实、过着创意生活的人，他便会对年龄脱敏，甚至像佛光禅师一样，没有时间来感觉老。

三

武则天做了皇帝之后，曾一度把"长寿"二字定为自己的年号，甚至花巨资炼长生不老丹，可见她对万寿无疆的渴望是多么强烈！

一天，她请颇有传奇色彩的慧安禅师到宫中讲法，之所以奇，是因为传说他早已活过了两个甲子，依然童颜鹤发。神采奕奕。武则天非常羡慕，一见面便问："甲子多少？"慧安说："不记得了。"武则天极其惊讶："哪有不记得自己年龄的人呢？"禅师淡淡一笑说："人之生死，如同转动的车轮一样，无休无止地循环，没有起点，也没有终点，有什么年龄可记呢？何况，心意如水流注，过去、现在和未来，并无断点，我们所看到的生生灭灭，不过是幻象罢了。如果不能好好地把握住现在，记住年龄，又有什么用处呢？"

慧安禅师的话，让武则天颇有所悟，顿然生出了忘掉年龄的冲动，很快便把年号"长寿"，改为让人觉得玄而又玄的"延载"了，其实，古"延"字通"腌"，"载"为年，也可为年龄，其真意，就是将年龄像腌咸菜一样封到坛子里去。这"延载"二字，看来也是透着禅意、含着禅机的啊！可谓：禅境无岁月，凡心沦春秋；巍巍山自青，浩浩水长流；生死万物齐，奈何悲啾啾？

四

从苗辨地，因语识人，凡是喜欢打听别人年龄的人，大都脱不了一个"俗"字，一旦俗心遇上了灵臆，这一问一答之间，便会透出无限的玄机。

有人问潭州藏屿匡化禅师："和尚年多少？"答曰："秋来黄叶落，春到便开花。"

寿山禅师是闽中人，一日闽帅来访，开口便问："寿山年多少？"答曰："与虚空齐年。"闽帅又问："虚空年多少？"答曰："与寿山齐年。"

有人问全怤禅师："和尚年多少？"答曰："始见去年九月九，如今又见秋叶黄。"

三禅师的回答，充满诗意，又幽默机智，怎不让人感到回味无穷呢？这正是：心中无历日，仙逸不知年；光阴如丝纶，随意钓清闲。

当然也有的回答更加幽玄高妙。

有人问大随法真禅师："和尚年多少？"答曰："今日生，来朝死。"

有人问齐安禅师："师年多少？"答曰："五六四三不得类，岂同一二实难穷。"

大文学家韩愈也不能免俗，在他参访大颠宝通禅师时，也忍不住问道："禅师今年春秋多少？"大颠提起手中的念珠，问："会吗？"韩愈摇了摇头说："不会。"禅师说："昼夜一百八。"大颠的话，可以说让韩愈如坠五里云雾。

以智者的目光看来，生命，是精进的生命；生活，是创意的生活。做好自己喜欢做的事情，成就自己渴望成就的功业，忘却了年龄，岂不是更容易在人生的岁月里，享受到追求和奋斗的乐趣？看似禅师手中所把的是108颗念珠，其实，他的心灵却翱翔在道的天空中，他的灵魂正畅游于禅

的悟觉里。

不昧于生死，不惑于年龄，不惧于"今日生，来朝死"，做最好的自我，一切烦忧疑虑，自会随着清风化去。

借世故俗韵，奏智慧雅曲

谙世故，而又不世故地活着，我们才能得到一段段生命的真趣和情韵。

谙世故，是说我们拥有着一颗洞晓人情世事的敏感心灵，拥有着一种感知人间苦乐的悲悯情怀；不世故地活着，则是说我们做人处世，有自己的原则，有自己的个性，有自己的创意，事来心应，方圆有度，而不是在我们的修为中充斥着玲珑八面、逢源左右的圆滑。

只要我们活着，人情世故，便会如风吹铃般在我们的心灵上弄得叮当作响，躲无可躲，处处留心皆学问，了解它，熟悉它，我们才能走出浅薄带来的困境，逢人遇事，才能做到胸有成竹，应对裕如。谙世故，且老于世故地活着，肯定是一个聪明人，表面上看，他做人处世，圆通滑润，滴水不漏，揣人心思，入木三分，岂不知他的聪明却被掩蔽于他人的阴影里了，这聪明永远也难以开出美丽的花朵，结出馨香的果实。

人生于世，难能可贵的是不失自我，成就自我，谙世故，且能跳出世故之囿，本然做人，低调做事，八风吹不动，一心耕臆田，这才是大智大慧之人。

《三国志》载，荀攸（字公达）年少之时便通达世故，谋深虑远，后随曹操四处征战，运筹帷幄，出奇策十二计，却不从张扬。当时很少有人知道他都说了些什么，但曹操却如此赞扬他："公达外愚内智，外怯内勇，外弱内强，不炫耀自己的长处，不夸口自己的功劳，他的内智，别人也许可以追及，而他的外愚，却无人能达到啊！"一个"愚"字，蕴藉了他生命的风流。他不但因"外愚"远离了世故人情的羁绊，成就了自己卓越的人生，还因此而赢得了人们的尊重，以至曹操对儿子曹丕说："荀公达，是人之表率，你应尽礼而敬之！"

一个人若不谙世故，走向社会之后，就会手足无措，甚至会碰得头破血流，说话不知怎么得体，做事不知怎么与人合作，心念不知怎么适应机势，纵然你才高八斗，心雄万仞，也将如龙困沟渠！早年的曾国藩，一身的书生气，不谙世故，给皇帝上了个奏章，差点引来杀身之祸。让他离京去湘办团练，他却疾恶如仇，把一个个同僚批评得体无完肤，结果，因为得不到他人的帮助，孤军奋战，屡战屡败，羞愧之余，还差点自溺而亡。后经高人指点，霍然爽悟，不但不再责人之短，还常常扬人之长，甚至一次次地向朝中推荐与自己有宿怨的有才之人，很快，他便成了一个做人处世游刃有余的能手，他的事业也从此做得顺意应心，风生水起！

那么，就在曾国藩虑极不得其解的愤悱之时，高人对他说了什么呢？原来是："统领世故人心，永远都脱不了一个'和'字，和尘同光，你才能得到千人之智、万人之力的相助，从而达成自我的众星捧月的辉耀！"曾国藩是何等聪明之人，一语道破玄机，岂不令他悟门顿开！从此，他借世故之俗韵，奏起了自己的阳春之雅曲，如龙归海，借水扬波，终铸泽被千秋的盖世奇功，就连毛泽东也称赞他是中国近代大本复源、智慧卓拔之人！

谙熟了世故之后，荀公达以愚、曾国藩以和，破世故之围，做人处世的艺术不同，但道是一样的啊！

谙世故，我们才能不被困死于世故，从而找到不世故活着的智慧之道，就如谙熟水性，我们才能入水不溺，从而让我们心无所忌，勇敢地乘

舟远航、破浪向前，是同一个道理。

大气魄

凡欲成就大事之人，必有大气魄以壮其行色。即使你渴望成就的不是王道霸业，只要是能颖振于世的俊功，那胸中就必须先有泰山倾于前而色不变的气魄，有视取天下如探囊取物的胆魄和智慧，不然的话，"成就"二字就只能是奢谈或奢望了！

当年，身为僧人的姚广孝劝明成祖朱棣起兵之时，朱棣心有所忌，说道："民心向彼，怎么办啊？"民心历来是人们不敢触碰的圣物，可姚广孝却豪言不避地说道："臣知天道，何论民心？"一语惊天，破了千年的大忌讳，骇得朱棣半晌才醒过神来，因感受其言气大魄壮，由此而坚定了夺取天下之心。起兵之时，不想狂风暴雨骤至，旗杆相折，檐瓦乱飞，朱棣吓得顿时面如土色，不知所措。看到成祖惊恐的样子，姚广孝声如洪钟般地对他说道："此吉兆也！飞龙在天，风雨相从，屋瓦坠落，皇位将易也！"

朱棣之所以能以一个窝踞于北方一隅的燕王，并且在民心不在的情况下夺取政权，可以说正是出自姚广孝的大气魄与大智慧的大手笔，而朱棣不过是他手中的一个成就惊世巨业和伟大创举的工具而已。

天地如枰，世事如棋，经纬之间，驰骋纵横。有时，是时势造英雄；有时，是英雄造时势；有时，是英雄与时势互动。其中的奥妙，可以说是环环相扣，机机相生。得其真髓者，得天下；识其大局者，事可成。有人甘做棋子，安于一隅；有人则愿意执黑握白，淋漓尽致地舒展一番雄才大略。天生我材，应尽一材之用；人生一世，就应努力去享受一世创造弈业的快感。管他成也、败也，生命的风流，已经浩荡在这酣畅的弈思与投子的浪漫和激情之中了！

姚广孝帮助朱棣夺得天下之后，曾回家省亲，其姐闭门不纳；又去访故友王宾，王宾也拒而不见，还朝着他远去的背影连声说："和尚误矣，和尚误矣。"实际上，是骂他助朱棣以下篡上、误国误民的意思。没见到亲人，他仍不甘心，就又跑去见姐姐。这次是见到了，可姐姐却一直对他大骂不止，以致他惘然自疑地自我发问道："难道我做错了吗？"如果这一问，是发生在劝朱棣起事之前或期间，那么，他还会有那种冲天的豪气和雄魄，来驾驭着智慧的龙骏去扫荡天下吗？信念的全部奥秘，就在于它是一种支撑着人们去成就丰功伟业的神秘力量，如果你对自己梦想的实现，坚信不疑，那么，你就将智慧深广，暗得神助；一旦人的心魂，被自疑、恐惧、怯懦、犹豫等负面情绪所困扰，那么，你便不会再是一飞冲天的雄鹰、一吼震山的猛虎，哪里还会再有什么大气魄、大智慧呢？

人活一世，龙踞一渊。如果你的胸中也在浩荡着如姚广孝般的"臣知天道"的大气魄，那么，就勇敢去创造属于自己的命运吧！

第三辑

生活永远值得我们期待

将军赶路，不打野兔

　　人生路上，我们总会面临很多选择与诱惑，如果见"利"就上，遇"兔"便打，东一榔头，西一棒子，必然会"捡了芝麻，丢了西瓜"，终究一事无成。唯有志存高远，胸怀大略，一旦确定目标，就不为利诱所惑，一直走下去，方能干出一番事业，铸就人生的辉煌。

　　1905年，在德国巴伐利亚的一座小城里，有位叫菲尔德的钟表匠，手艺高超，远近闻名。钟表商汉斯·威尔斯多夫找到他，说："菲尔德先生，我想聘您为我公司的技术总监，怎么样？"

　　"不，"菲尔德断然拒绝道，"我不会为了眼前的利益而放弃自己的追求，我的理想是研制一款世界上最好的手表！"

　　威尔斯多夫只得无功而返。

　　然而，在制作手表的同时，菲尔德还兼做草帽生意。拒绝威尔斯多夫的邀请后不久，他突然收到一个大订单，通过计算，发现出售草帽的利润更大。于是，他决定暂时停下手表的研制，先去赶制草帽。就这样，菲尔德被一时的小利蒙蔽了双眼，放弃了心中的大目标。而威尔斯多夫却利用这段宝贵的时间，很快推出了新产品，并取名为"劳力士"。当劳力士手表迅速占领市场，成为世界名牌后，菲尔德这才恍然大悟，不过为时已晚。

　　菲尔德本可以通过努力实现自己的理想，却因一念之差，留下了深深的遗憾。这就告诉我们：人生路上的"岔道"很多，"野兔"时有出现，如果抉择不当，就要付出沉重的代价。反过来，只有坚定信念，一直朝着

既定目标努力奋进，才能收获成功的果实。

1975年，泰格·伍兹出生在美国的一个贫寒之家。上小学时，偶然看了一部有关尼克劳斯的电视片后，他激动地告诉父亲："我一定要成为像尼克劳斯那样伟大的高尔夫球手！"父亲认为这只不过是一个小孩子心血来潮的念头，但还是为他制作了一个球杆，并在门前的空地上挖了几个球洞。从此，泰格·伍兹像模像样地打起了高尔夫球。

上中学时，体育老师发现了泰格·伍兹在高尔夫球运动方面的才能，特别是知道他心中的梦想后，慷慨解囊，送他到俱乐部去打球，这让他的球技突飞猛进。1998年，他大学快毕业的时候，一名同窗好友帮他谋到了一个周薪高达500美元的职位，这对于家境贫寒的泰格·伍兹来说，非常具有诱惑力。于是他告诉老师不想打球了，要去参加工作以养家糊口。老师听后，沉吟了半晌说："孩子，难道一个成为伟大的"尼克劳斯"的梦想，只值每周500美元吗？"这句话，如闪电般击中了泰格·伍兹的心灵。从此，他更加坚定了实现梦想的决心。经过艰苦的训练和勇敢的打拼，几年后，泰格·伍兹果然成为了继尼克劳斯之后最伟大的高尔夫球职业运动员。

俗话说：将军赶路，不打野兔。年轻的朋友，你想成为专心"赶路"的将军吗？那你就要学会选择与放弃。追求决定着人生的高度，境界决定着生命的质量，不让自己陷于逐兔猎雀的功利场中，是因为我们内心深处有更高远的梦想！

敲钟心态

心态是一个展现我们生命特质的气场，它如影随形，时时处处都在向人们透露着我们内在灵魂的信息；无论我们是做人还是做事，人们都能通过这个气场来判断我们的未来。

一天清晨，奕尚禅师刚刚从禅定中起身，耳边便传来阵阵悠扬的钟声。他感受到这钟声里有一股激越心灵的力量，待钟声一停，便忍不住询问道："今天的钟声非同寻常，是谁司钟？"侍者答道："是一个新来参学的小沙弥。"禅师点了点头，吩咐侍者把这位小沙弥叫来。

小沙弥来后，奕尚禅师问道："你今天是以什么样的心情司钟的呢？"小沙弥回答说："没有什么特别的心情，只是为打钟而打钟而已。"禅师笑道："这恐怕不是你的心里话吧？今天的钟声非常高贵宏亮，有一种震撼人心的力量，这一定是融入了敲钟人的某种美好的愿望啊！你说是这样吧？"小沙弥说："确实是这样。在我还没来这里参学之前，家师便时常告诫我，打钟的时候就应该想到：钟即是佛，必须要虔诚、斋戒，敬钟如佛，用入定的禅心和礼拜之心来司钟。"奕尚禅师听了很是高兴，他进一步提醒这个小沙弥说："往后处理事务时，都要保持今天早上敲钟的禅心，将来你的成就会不可限量！"后来，这位小沙弥一直记着奕尚禅师的开示，保持着司钟的禅心，终于成为一名得道的高僧，他就是后来成为奕尚禅师衣钵真传的森田悟由禅师。

寻常的钟声里，却突然传出了不寻常的信息，这难道是偶然的吗？当然不是，因为今天司钟的人是森田悟由！奕尚禅师还没有见人，便已从钟声里听出了司钟之人的大根器，不正是因为这钟声里透着他敬钟如佛的心态、透着他激越生命的气场吗？中国有句谚语说得好："有志没志，就看做事。"实质上，做事就如撞钟，有志的人，会把自己做的每一件事，无论大小尊卑，都当成一个提升自我的阶梯，那么，这事中就透着他的激情、热诚、理想和追求，人们就能通过我们做的事来听懂这"钟声"的内涵，就能感受到这"钟声"里感动人心的力量。当我们抱怨自己怀才不遇、伯乐匿世、英雄无用武之地的时候，我们是不是先看看自己是什么样的"敲钟心态"？

"驴子"精神

那些酷爱背上行囊到大自然中徒步探险的旅行者，喜欢形象地称自己是"驴子"，而"驴子"们最喜欢的一句名言就是："不怕身在地狱，只求心在天堂。"身为什么是在地狱？因为"驴子"们背上压的是沉重的行囊，脚下踏的是崎岖坎坷的漫漫征程，每走一步，都是对自己的体能和意志的挑战；心为什么是在天堂？因为当"驴子"们放眼四望，触目所及，无不是空旷幽妙的溪壑峡谷，连天接云的奇峰险隘，云屯雾集的飞瀑流泉，烟波浩渺的湖川江海，苍茫辽阔的大漠草原，遮天蔽日的原始森林……

诗意的心灵，正是孕育于诗意的自然，就像五彩的霞光，正是孕育于朝阳落日一样。

"驴子"都是渴望享受不同凡响之美的人们，他们深知：没有真正的付出，便没有真正的享受；没有珍品，便没有收藏；没有深山峡谷间的徒步穿越，便没有感动心灵的独绝美景；蜻蜓点水式的游览，满足的只是"到此一游"的虚荣，却震撼不了心灵；走马看花式的观赏，得到的只能是浮光掠影的表象，却感受不到穿透灵魂的雄美。所以，"驴子"们都像是朝拜的圣徒一样，一次次走向他们心中渴望的大自然最美的圣殿，追求的是让自然之美融入心灵的欣快与感动。

敢于选择做"驴子"的人，无不是敢于挑战自我和战胜自我的人，无不是心中充满浪漫激情和坚定信念的人，无不是自信果敢和心态积极的人。因为他们知道自己有着像驴子一样健壮的四肢，所以，他们从不惧路途的遥远和艰险；因为他们知道自己有着钢铁一样的意志，所以，他们不会被困难所打垮和征服；因为他们知道自己是去阅读自然之神创作的大块文章，所以，他们的心中充满快乐和期待。

其实，"驴子"们的追求，代表的正是一种人类的精神！

如果说大自然是一幅我们的眼睛能看到的大气磅礴的有形画卷的话，那么，我们的生活便是一幅我们只有用心灵才能真实感受到的同样伟大的画卷。做一头勇于探险和穿越自然的"驴子"，我们还只能算是一个美的发现者。但是，如果我们勇于做一头敢于探索和穿越生活风景线的"驴子"，那我们就不仅仅只是一个美的发现者了，更是一个美的创造者！

死亡的意义

在英国有一个叫布朗的牧师，一生不知曾听到过多少人临终的忏悔，许多人在生命鲜活的时候，常常郁积于胸、心烦意乱，感叹春风不度、天不遂愿，抱怨生不逢时、志不得展。直到生命走到了终点，才恍然大悟：本来应该将自己心灵的种子撒向广阔的原野，去拥抱阳光、痛饮雨露，享受繁花盛开的浪漫，享受果实成熟的快感，享受挑战狂暴天气的激情，享受含风摇枝的舒展，没想到却将这种子误播于隙穴墙脚，因阳光不足、营养不良而叶黄枝蔫。如此委顿虚弱，除了抱怨风强雨猛、哀叹命运无常之外，还有什么能力呢？所以，许多人在临终时最常说的一句话就是："假如生命可以重来……"

"每一个人的死亡，都足以让我们重新审视自己的生活。"布朗晚

年的时候曾在一本书中写道，"决定一个人一生命运的是自己对生活之路的选择，就如同样的琴，有人喜欢用它奏出哀怨绝伦的悲音，有人喜欢用它奏出舒缓平静的旋律，有人喜欢用它奏出慷慨激昂的豪歌。对于任何一个临终者来说，他将永远地告别那把他曾经弹奏了一世的生活之琴，这一次，除了无条件地接受死亡之外，上天已不再给他任何选择的权利。对于死者来说，只有过往的经历，已没有了假如。如果说临终者留给世界最后的一句话是：'假如生命可以重来……'那么，这个'假如'恰恰正是对生者最深刻、最伟大的心灵启迪！这就是死亡的意义之所在。"

假如生命可以重来，临终者一定在想，那么，绝不会再以一个悲观者、受害者的心态面对这个世界，而是要点燃心底的激情之火，舒展胸中的浪漫情怀，要像新绿的嫩芽一样渴望雨露和阳光，要像初出港口的帆船一样对未来充满希望和梦想，要像羽翼未丰的雏鹰一样期待着乘风入云的飞翔。怀着一颗快乐的心，生活的原野里就开满美丽的鲜花，岁月的天空中就日清月朗，生命就是一场丰盛的、有着享用不尽美味佳肴的宴会。

假如生命可以重来，临终者一定在思索，那么，绝不会再做一个被黑色的忧郁幽禁于一隅的囚徒，而是要像一个比风还自由的行吟诗人一样，去享受大自然的雄壮和美丽。那每一座青山雪峰，那每一条江河溪流，那每一片大漠莽原，都将成为最豪迈激昂的诗句；那每一树的蝉鸣，那每一声的鸟唱，那每一阵的雁叫，都将成为最美妙的音符在琴弦上奏响。一个人的心灵如果得到了大自然的滋养，那么，他便会胸襟宽广、目光远大、气概超凡，而不会戚戚于个人之念、沉沦于一己之欲。

假如生命可以重来，临终者一定在祈求某种奇迹的出现，那么，绝不会再让心中充满犹豫、狐疑、嫉妒和猜忌，狭隘的心胸，犹如曲折窄小的山溪，日夜奔腾而得不到一分钟的平静，只有像大海一样的宽容和沉静，才能让一切污秽永沉水底。让胸怀像蓝天一样空旷，就能以坦然一笑来化解敌意；让志趣像白云一样高远，就能以自嘲来化解攻击。怀着一颗温柔敦厚的心来欣赏世界上的一切，世界便会回报你以快乐、幸福和美丽。

假如生命可以重来，临终者一定在幸福地幻想，那么，绝不会再在失败面前灰心丧气，不会在逆境中意志消弭，要像汹涌的大江，劈山越涧，曲折迂回，载着梦想，一往无前。平庸是平庸者走不出的低谷，成功是成功者不懈追求的高度。当心灵感受到某种伟大的声音呼唤的时候，我将不再说"等有了时间"的话，而是立即投身进去，心无旁骛，打造人生的价值，铸就生命的辉煌，享受成功的鲜花，享受人们充满崇敬或者嫉妒的目光……

然而，大自然的铁律是无情的，临终者渴望中的奇迹也不会出现，但是，这奇迹不正是我们每一个还生活在阳光下的人们，正在享受的恩惠吗？为什么不让临终者的"假如"，变成时刻鸣响在我们心灵深处的警钟呢？有一点也许我们每一个人都应该懂得：这个世界虽然是属于所有活着的人们的，但是，这个世界上的幸福、快乐、成功、希望和美丽，却只属于那些怀着一颗感恩之心的人。

友情是蔚蓝色的

如果说爱情因为似火一样燃烧着激情、像花一样绽放着炽热，是红色的，亲情因为像常青树一样安抚着我们的灵魂，是浓绿色的，那么，应该说友情是蔚蓝色的，因为她像深广悠远的大海一样，能托浮起有着共同志向的心灵的帆船，向着渴望中的远方勇往直前。他们相互激励，相互欣赏，彼此呼唤，彼此扶持；在生命的岁月里，共铸人生的价值和辉煌，同享成功的欢乐和荣耀……

　　说友情是蔚蓝色的，是因为真正的友情只能建立在像大海一样博大的心灵之间，他们的相知相识，是纯粹的精神上的享受，他们为彼此能引为知己知音而从内心深处充满快乐和自豪。不管尘世的岁月，是如何改变着他们的体形和容颜；也不管生活的洪流，是如何冲击着他们的心性和理念，但是，他们绝对不允许庸俗的污垢来沾染灵魂里的这片圣地。

　　说友情是蔚蓝色的，是因为真正的友情是像深邃的天穹一样充满丰富的内涵，像逶迤的山峦一样充满空灵的诗意。患难中，真正的朋友可以相濡以沫、同舟共济，但顺境里，他们却不会相忘于江湖、形同陌路。因为追求无止境，高挑的云帆需要永不止息的劲风；而友情本身就是这涨满船帆的劲风，不管这风是从哪个方向吹来，我们都将深深地明白在自己的前方还有很远很远的航程。当然，友情本身又是一个坐标空间，不管相距多么遥远，我们都能从朋友的坐标点上发现自己的位置。

　　说友情是蔚蓝色的，因为真正的友情也像这个色彩一样，能抚平我们狂躁的灵魂，坚定我们成功的信念，舒展我们纽结的心绪，引发我们悠然的畅想。当我们失败受挫的时候，友情是一只温暖的手，默默地为我们擦去伤心的泪水，悄悄地拉着我们走出人生的低谷；当我们艰难跋涉的时候，友情是伴着我们响彻征途的驼铃，让我们永远不会感到心灵的孤独和寂寞；当我们成功的时候，友情却是让我们保持清醒的咖啡，而不是让我们沉沦迷醉的美酒。宁静平和、浪漫飘逸，可以说是友情的底色。

　　实质上，真正的友情，是精神和心灵的依托，而不是物化和欲望的外延。这样的友情一旦发生，她便不会随着时光的流逝而淡化，也不会随着人生地位的变更而异化。我们的生命可以渐渐地告别青春的岁月，但是，友情却是开在我们生命之原上的一枝永不凋谢的美丽花朵；我们的生命可以一天天地老去，但是，友情却是我们心灵深处的一首永远也不会老的青春之歌。

　　诗人叶芝在给茅德·冈的一首诗中写道："有多少人爱你迷人的青春／爱你的美丽，假意或者真情／唯有一个人爱你朝圣者的灵魂。"爱情如此，其实，友情也是如此啊！真正的友情，彼此间爱慕和欣赏的不正是对方朝圣者的灵魂吗？而这样的友情，也只能诞生在像海洋一样宽广深邃的心灵里，她怎能不是海洋一样的蔚蓝色呢？

卑微与运气

曾听过这样一个耐人寻味的故事：在美国有两个年轻人，一个叫艾略特，一个巴塞尔，他们是一对好朋友。大学毕业后，两人相约到大洋彼岸去发展自己。于是，他们俩远渡重洋，来到一个国家。他们俩上岸后在一家餐馆吃饭的时候，艾略特对巴塞尔说："我想问问这家餐馆是不是需要服务员，让我们的事业就从这里开始吧。"巴塞尔听了艾略特的话，马上露出不屑的神情说："我们是来做大事业的，怎能屈就做一个侍者？你也太胸无大志了吧。"

于是，两位朋友就此分手。巴塞尔向大都市走去，踏上了寻找自己实现大梦想的机会的道路，而艾略特则成了这家餐馆的侍者。两年后，艾略特有了一些积蓄和经验之后，自己开了一家餐馆，由于他经营有方，不断扩展自己的业务，十年后，他成了名震一方的大企业家。有一天，艾略特刚走出自己企业总部的大门，迎面走来一个衣衫破烂的流浪汉，他一边喊一边走了过来："艾略特，真的是你啊！我可是听说了你的大名才来找你的。你还认得老朋友吗？"虽然相隔已十年，但艾略特还是一眼就认出了巴塞尔，他上前握住老朋友的手说："巴塞尔，你怎么成了这个样子？"巴塞尔说："这些年来，我一直都在寻找适合自己发展的机会，而你却从一个侍者变成了一个大企业家，你的运气怎么这样的好啊？"

艾略特的成功，是因为他的运气特别好吗？其实，只要看一看他愿意从最卑微的餐馆侍者作为自己实现梦想的一个起点，就知道艾略特是一个脚踏实地的行动者，一个不好高骛远的创造者，一个知道怎样把事业的雪球一点点滚大的开拓者，这才是他能一步步走向成功的基础。如果说在创业中不乏幸运的话，那也是他用汗水来换来的；如果说他走向成功的路上不乏机会的话，那无疑也是他用智慧赢得的。如果他也像巴塞尔那样抱着侥幸的心理，试图去找到一个高起点的能一展宏图的好机会，即使他不步着巴塞尔的路子走，恐怕也好不到哪里。

梦想是高高飘扬在一个人心灵深处的一面旗帜，成功是一座人人都渴望拥有的鲜花盛开的林园，但是，只有愿意在这面旗帜下悄悄地开垦、默默地耕耘的人，他才有机会为自己建造成这样的一座美丽的林园。想考上大学，你就得踏踏实实地做好每一道题、学好每一门功课；想成为作家，你就得从用好每一个词、用心写好每篇文字开始；想成为画家，你就得老老实实地从画每一根线条、掌握好每一种色彩开始……任何一个成功者，都是从最卑微、最不起眼的小事做起的实干家，并且是在实干中永远都不放弃梦想、永远都不迷失方向的追求者，就像艾略特那样。这就是成功者之所以成功的奥秘，也是他们的好运之源。舍此，并无其他能通往成功的坦途。

生活在深处

如果，你只是为了浪漫而泛舟于空阔的海面，那里虽然有朵朵雪白的浪花、层层曼妙的波澜和那楚楚美丽的蔚蓝，但是，当你想用自己的心灵之网打捞起它们的时候，才发现它们竟然都是能从网眼里漏去的虚幻。只有当你勇敢地跃入大海的深处，你才能够捞到能代表你生命光荣的硕大的珍珠，你才能够进入一个能展示自己灵魂力量的更广阔的世界。

如果你只是像只笼中的鸟儿一样寄身于苍茫的人海、展翅于狭小的空间，虽然你身无所忧，但灵魂的原野上却将是一片荒凉。只有当你背起行囊，走进大山的深处，你在那里采摘的每一朵花都将开放在你的灵魂之原上，你在那里畅饮过的每一条溪流都将奔腾在你的灵魂之原上，你在那里攀登过的每一座山峰都耸立在你的灵魂之原上。

如果你只是一棵把根浅浅地扎于地面下的小草，那么，任何一阵干旱都将使你茎枯叶卷，任何一阵狂风都有可能根断花残。但是，如果你是一棵把根牢牢地植于大地深处的大树，那么，干旱挡不住你痛饮大地深处的甘泉，狂风吹来只当是邮差经过带去自己心灵的诗笺片片，骤雨浇下只当是在枝叶间拨动了自己生命的根根琴弦。

如果你每天手里捧着一本本的厚书，从那字里行间寻章摘句、吟诗诵词，只是像个猎奇者或政客一样为了装饰自己的门面，那么，在思想之树上你只是一片将在岁月中飘落的叶子，只有当你把这一本本书当成利镐，去苦苦地挖掘知识和自己心灵深处那尚未被发现的东西的时候，你才有可能成为一颗创意的种子在精神的世界中获得永恒。

如果你像个懒惰的渔夫因害怕出力而把你手中的网只是轻松地撒在河边上的浅水处，那么，你从网中拉起的也只能是小鱼小虾；只有当你把网不辞辛苦地撒向江河深处的时候，你才有可能得到你渴望中的收获。

我的朋友，如果你只是像一叶浮萍一样漂在生活的海面上，那么你只能随波逐流，你只有沉到生活的深处才能感受到它的真谛。我们的梦想犹如撒在荒凉干渴的土地之上的种子，如果我们不能从这块土地的深处挖出水来浇灌，这种子永远也不能发芽、开花和结果，我们的梦想永远也成不了现实。所以，但丁在他的不朽之作《神曲》中告诉我们：地狱的最深处正是天堂的入口！是的，我们心灵中的渴望就是奋斗者打进理想的地层深

处的钻头，只有在那里，我们才能探到让我们终生享受不尽的宝藏。

心灵的琴弦

当岁月的洪流在你的生命之船上拍打出累累的伤痕之后，你还能在自己心灵的琴弦上，奏出激情浪漫的旋律、诗意昂然的歌谣吗？当生活的风雨把你的生命之树吹打得枝断叶残的时候，你还能在自己心灵的琴弦上，弹出热情奔放的乐曲、如梦如幻的和弦吗？

只要翻开少年时代的日记，我们就仿佛听到了从年轻心灵的琴弦上飘飞的音符。那时的每一朵小花，都是我们心灵里的一首纯美的诗；每一片白云，都是心灵里的一支曼妙的歌；每一次凝望远方，都是心灵之鸟的一次放飞；每一次月下的漫步，都是心灵的一次畅想；每一次读书，都是心灵的一次燃烧；每一个邂逅的陌生人，我们都在心底为他纺织着一个奇妙的故事……我们不是诗人，但氤氲的诗意之花却常常在我们的胸中绽放；我们不是琴师，但悠扬的旋律却时时在我们心灵的琴弦上奏响。

然而，时光的列车载着我们轰隆隆地向前奔驰，年少的花季已被遥遥地抛在了远方，幻化成了永恒的记忆；在经历了生活的磨砺后，也许会有人失去了生命中昔日的那份生龙活虎般的朝气；在经受了人间的无数风雨洗礼后，也许会有人失去了心灵里昔日的那份熊熊燃烧的希望之火。世事的沧桑，之所以会使他们的心灵变成一片荒漠，正是因为他们只会在失败和挫折面前伤心叹息，而忘了这些正是引燃智慧的火种；因为他们只会在痛苦中哀怜抱怨，却忘了这正是铸造意志之剑的熔炉。

但是，对于更多的人来说，岁月改变的只是他们的容颜，却无法改变他们的心灵。岁月给他们的皮肤带来了皱褶，却使他们的心灵更加丰盈饱满，就像已经成长起来的参天大树，岁月虽然在树干上刻下了一道道深深的痕迹，但树冠却更加虬枝伸展、茂密葱茏，盛开的花朵更加绚烂似锦，累累的果实更加丰硕馨香。对于他们来说，那拍打生命之船的浪涛之声里，有着他们创作心灵之曲所需要的取之不尽的音符，那吹打生命之树的风雨的狂啸，正是带给他们创作灵感的喷涌的源泉。他们在生活的五线谱上作曲，他们在心灵的琴弦上弹奏，他们常常会在自己奏响的乐曲声中深深地陶醉……

对于我们有形的躯体来说，年轻确实只是一个短暂的时期，但是，对于我们无形的心灵来说，年轻却可以成为我们在心灵之琴上一生奏响的主旋律，只是这旋律在经历了人生岁月的充实之后，其内涵会更加深刻丰富，这旋律在经过了生活浪涛一次次的淘洗之后，其主题会更加明畅激越。我的朋友，只要你愿意，这旋律将一生引领着你，享受生活，享受生命，享受创造的激情，享受成功的快乐，享受大自然的美丽，享受人间智慧的花朵！

笑

一张笑脸，便是开在春风里的一枝娇艳的花朵，她绽着鲜妍明媚的美丽，透着沁人心脾的馨香，闪着炫目耀眼的光彩。

一张笑脸，便是映入我们心灵中的一缕灿烂的阳光，她带着黎明朝霞的红润，洒着正午如火的热情，飘着夕晖柔和的晕彩。

一张笑脸，便是一首行走在生活中内涵丰富的生命之诗，她能让我们

读出一个人的品位，触摸到一个人的修养，感受到一个人的魅力……

得意时，人们都会笑得情不自禁，但失意的时候，如果我们的脸上还能泛起盈盈的笑意，那么，我们就是一艘为积蓄力量而暂避在港湾里的航船。顺境中，人们常常笑得开心，但受挫的时候，如果我们的脸上还能绽放从容的笑靥，那么，我们就是一把正放在砺石上磨砺以待时机一展锋芒的宝剑。幸运时，人们都能面含春风，但不幸的时候，如果你还能微笑，那么，你就是一株笑傲冰雪的青松，虽然狂风可以吹得你枝残叶落，但却无损于你的勃勃生机和巍然屹立于天地间的凛凛雄风。成功时，笑会从人们的心底自然涌出，但失败的时候，如果我们的脸上还能展现轻松的笑颜，那么，我们就是一只因疲倦而落在低树丛中打盹的雄鹰。

被人误解的时候能微微地一笑，这是一种素养；受委屈的时候能坦然地一笑，这是一种大度；吃亏的时候能开心地一笑，这是一种豁达；处窘境的时候能自嘲地一笑，这是一种智慧；无奈的时候能达观地一笑，这是一种境界；危难的时候能泰然一笑，这是一种大气；被轻蔑的时候能平静地一笑，这是一种自信；失恋的时候能轻轻地一笑，这是一种洒脱。

现实往往由不得我们做主，但心境却常常可以任自己选择。痛苦是一条欺软怕硬的鞭子，它总是把阴郁者的心灵一鞭鞭地抽得鲜血淋淋，却在欢笑者的面前远远地躲藏；厄运是哭泣者永远挥之不去的梦魇，却是欢笑者挑战命运的激情之源；劫难是忧伤者的一座翻不过去的大山，却是欢笑者登峰巅而小天下的浪漫。

蒙娜丽莎那优雅含蓄、蓓蕾欲绽的一笑，五百多年来已不知倾倒了多少世人，震撼过多少人的心魂，就连曾经叱咤风云、横扫欧洲如卷席的拿破仑，他对孩子进行家庭教育的一部分，就是把《蒙娜丽莎》挂在育儿室里，让孩子们每天看着画像学习她的那种温文尔雅的微笑三十分钟。他对孩子们说："会笑的人，才能理解生活，才会享受生活，才知道怎样让心灵成为生活原野上的一枝盛开的花朵，才愿意为开创新的生活而去不懈地奋斗和求索。"

弥勒佛那袒胸露腹、雍容大度的一笑，多么像一道最富有穿透力的阳光啊，一个世纪又一世纪地挥洒在人们灵魂深处最幽微的地方。看着他那一脸的灿烂笑容，即使最忧郁的心灵也会被深深地感染。弥勒佛的前身是一个叫布袋和尚的化缘僧，他化缘时从不说话，只是大笑，然而，人们却都盼望着他的到来，因为无论他走到哪里，哪里就笑声不断，哪里的人们就像过喜庆节日一样的快乐非凡。他让人们深深地明白：只有爱笑的人，才最惹人爱啊！

笑吧，愁海无边，笑便是岸。

奋斗

奋斗是一个充满质感、厚度、韧性而又让人感到肃然起敬的词语，它的内涵丰富、深刻，因为每一个人都能从"奋斗"二字中掂量出它沉甸甸的分量。每一人都知道，一旦他义无反顾地选择了奋斗之路，那么，他就会像一个朝圣者一样向着自己心中的麦加无所畏惧地向前、向前。凡是自喻或被他人称之为奋斗者的人，绝不会是一个游戏人生、甘于命运和自安平庸的人，他们无不是在渴望通过奋斗这把刻刀，不断地雕琢出一个最好、最优秀的自我的人；渴望通过奋斗这个梯子，一次次地提升和超越故我的人。

奋斗，实质上就是自己与命运之神在人生的岁月里打的一场持久性的战争。是平凡庸碌、得过且过的生，还是追求卓越、充满创意的活，这不能说不是我们每一个人在面对未来所必须做出的重大抉择。一旦你选择

了后者，你便成了命运的叛逆者和挑战者，从此，它便开始了对你全面的大规模的围剿和进攻。有时，你要死死地坚守住自己的阵地；有时，你要吹响冲锋的号角向命运发起进攻和反击；有时，你会取得一个小小的胜利；有时，你会被打得一败涂地；有时，它会把你围困在黑暗的谷底以消磨你的意志和斗志；有时，它会给你优厚的待遇和利诱以达到征服你的目的……奋斗，就是在任何情况之下你都不会选择妥协和屈服的坚持；奋斗，就是你坚信自己会在战斗中成熟，在战斗中成长，在战斗中成就一个崭新的自我。

奋斗，是一个漫长而又不能计较成本的投入，就像一个虔诚的朝圣者，为了心中的一个愿望，他愿意用等身的长头，去丈量那通往圣殿的漫漫长途。他不会因为路上的崎岖坎坷和山高水远而放弃自己的向往，也不会因为途中的风狂雨猛和严寒酷暑而丢掉自己的追求。他执着地向前，因为在他的心中只有神灵的呼唤；他坚定地赶路，因为他知道自己是在一步步地接近着心中的神殿。奋斗者，就是这样的一个为了心灵深处的一个理想而默默前进的朝圣者！

假如有一天，一个能改变你人生命运，让你心灵燃烧，并给你带来一种崇高感的梦想，突然像一粒种子一样在你生命的原野上发出了嫩芽，那么，你就好好地呵护着她吧，让她获得充足的阳光和营养，不要让狂生疯长的野草和蔓藤把她闷死，用你全部的热情培育着她的成长，倾注你全部的心血把她培育成一株参天大树吧，不管遇到什么困难和不幸，只要你不会放弃，总有一天，她会为你开出最美丽的花朵，为你结出最香甜的果实。这就是奋斗者的收获！

奋斗，是闪耀在奋斗者生命中最美丽的光芒！

怕

黄昏时分，我正在学校的操场悠然地漫步，一个同事跑到我的身边问道："王老师，今年暑假又去哪儿旅行了？"我说："我去了西藏。"他吃惊地看了我一眼说："你不是去过西藏吗？怎么今年又去了？"我说："是啊，我前年去西藏，是为了一睹珠峰的风采，今年去西藏，是为徒步墨脱。我还会第三次去西藏的，因为还有一个让我魂牵梦绕的地方没有去，那就是西藏的阿里。"

听了我的话，同事叹了口气说："唉，说实话，我一直都想去西藏看看，可是，心里的一个'怕'字，又一次次地让我放弃了这样的念头。"

我问道："你怕什么呢？"

他说："怕路上不安全，怕途中难耐的孤寂，怕吃住不方便，怕身体承受不住高原反应……总之，一想起来要去一个陌生的地方，我就有一种莫名的恐惧感，害怕遭遇什么不测。"

其实，同事心中的这个"怕"字，并非是他一个人所独有，我知道，许多人的心里都深藏着一个非常渴望实现的旅行之梦，然而，最终敢于背起行囊、像一头负重的驴子一样行走天下的能有几人呢？

前不久，一个网友给我讲了一个充满感伤的故事。有一天，网友到医院去看一个因病住院的朋友。朋友患的是肺癌，而她自己并不知道，但是，她知道这次病得一定不轻。谈话间，她突然提到12年前两人曾相约的一件事。这让网友的心里咯噔一下，一丝无法掩饰的苦笑禁不住浮上了嘴角。

朋友面色潮红、很困难地喘着气轻声地说："12年前，我们俩曾相约：若有了机会，一定要去西藏旅行。这12年来，西藏一直是我心中的一个圣洁的梦。其实，你说去西藏我们缺少机会吗？只是我们因为怕影响了工作，怕影响了自己的进步，怕影响了提职晋级；在家里怕影响了孩子的教育，怕老公吃不上饭，怕老人有事我们不在身边。总之，怕这怕那，竟然一直都没有能成行。在我躺在医院里的这一个月里，越想越觉得自己活得可怜，12年里，我竟然连为自己的梦想活一次的勇气都没有！这次病好之后，我第一个要完成的心愿就是去西藏走走，看看那里蓝蓝的天空、白白的云朵、纯净的湖泊、晶莹的雪山。虽然我不信神，但是，我也一定要像一个朝圣者一样在佛祖的面前许下我的一个心愿！"

听着她的话，我的网友已哭得像个泪人似的，因为网友的心也在隐隐地疼痛，她也在禁不住地自问："难道只有到了生命的尽头，我们才能突然发现被一个'怕'字囚禁的自我的可怜吗？"

送走了朋友之后，我的网友背上行囊，义无反顾地去了西藏，她终于看到了朋友一直渴望看到、但终没能看到的一切……

旅行之于旅行者，光有燃烧的梦想和浪漫的激情是远远不够的，还必须有敢于挑战自我、战胜自我的勇气，有坚定地走向远方、把梦想付诸行动的决心，有不怕苦、不怕累和百折不回的意志。旅行者收获的并不仅仅只是大自然的风光，收获的也不仅仅是他对自己人生经历的美好的回忆，更重要的是，他收获的还有一个因经受大自然的熏染和淘洗而充满磅礴大气的灵魂。这才是大自然给予旅行者的最珍贵的礼品！然而，只因为一个"怕"字，许多人便失去了上天的这一恩遇。

其实，这个"怕"字并非只与旅行有关联。在我们人生的岁月里，哪一个人在年轻的时候，不曾有过炽燃的梦想和美好的向往？哪一个年轻人，不渴望在未来的岁月里创建一番能展现自己生命价值的事业？然而，在不断流逝的时光中，真正的能义无反顾地投入到奋斗之中的会有几人？

对于那些只有梦想而没有行动的人们来说，他们可以为自己找到种种借口与遁辞，但是，最根本的原因还是深深地植于心中的一个"怕"字！他们怕自己的投入得不到相应的收获，他们怕失败，他们怕孤独，他们怕吃苦，他们怕失去世俗生活中的名和利……所以，他们梦想中的"西藏"，永远只在梦中。

怕，可以说是一张无形的却又无处不在的巨网，它能使原本自由奔放的心灵之鸟，再也不能展翅飞翔。

平凡与卓越

有人赞美平凡，有人歌颂卓越；有人说平平凡凡才是真，有人说卓越超凡才是开放在生命之树上最美的花朵；有人说生命应该像一片明净的湖泊，映日照月，澄澈安详；有人说生命应该像一条滚滚的江河，激流澎湃，奔腾向前。这样的赞美和歌颂，常常让我困惑不已，甚至扰得让我心神难安。我不知道到底应该让自己成为一个平静的湖泊，还是应该成为一条汹涌的江河！

有一天我读书到了深夜，正想用手揉揉已觉有些酸楚的双眼，抬头却看见正从书架中幻化出一个老人，微笑着向我走来。我禁不住心头一惊，连忙问道："不知是哪位仙人驾到，深夜至此，请问有何赐教？"

老人一脸安详地说："我是谁并不重要。只因久见阁下困之于平凡与卓越的思索之中，神魂犹如在此岸和彼岸之间疲于奔命的小舟，老朽实在是于心不忍，今夜特来与阁下共叙一二。"

接着，老人轻捻长须气定神闲地说："平凡者，所享受的更多的是心

灵世界里的那份悠然的平静；而追求卓越的人，他们更多的享受的是心灵深处里的那份燃烧的激情。平凡者，常常享受的是一道道已有的风景线；而追求卓越的人，他们往往所享受的是在打造有着自己生命品牌的风景时挥洒激情的快感。平凡的人，更容易在世俗的幸福中陶醉；而追求卓越的人，则更渴望在不断的拼搏和攀登中得到满足。不管是平凡者，还是卓越者，他们的心灵之鸟虽然不在同一片林子里筑巢，但是，他们都在寻找和享受着属于自己的快乐。

"我的朋友，造物主创造了生命，你知道他最渴望人们回报他的是什么？是人类对生命的尽情享受，这就如你播下花的种子，最渴望它回报你的是美丽一样。平凡的人，他们享受着阳光的明媚，享受月色的美丽，享受着爱情的快乐，享受着友谊的舒心，享受着家庭的温馨……在这样的享受中，他们怎能不从心里唱出一支支赞美的歌？而追求卓越的人，他们享受着梦想带给自己的感动，享受着奋斗带给自己的希望，享受着磨砺带给自己的智慧，享受着成功带给自己的自信，享受着创造带给自己的价值感……在这样的享受中，他们怎能不为龙腾虎跃般的生命的活力而写出一首首颂扬的诗？

"我的朋友，你是选择平凡平静、怀着一颗平常心生活，还是选择点燃心灵的熔炉、意志坚定地铸造人生的辉煌，这是每个人的自由。享受生命的方式，适宜于你的，就是最好的。平凡是一首带着阳光味道的诗，你可以长吟，只要你能感受到她的美丽；卓越是一支携着滚滚江流般旋律激越的歌，你可以高唱，只要她能让你感受到生命的价值！选择你自己渴望的生活方式吧，这就是造物主赋予你的享受生命的最高礼遇！我的话完了。再见吧，朋友！"

见老人向书架走去，我正欲起身相送，却刹那间从梦中猛醒。老人不见了，但他的话却犹在耳边回荡……

激励

每颗心都需要激励，就像一粒播撒在泥土里的种子，需要阳光的温暖和雨露的滋润，才能发芽才能茁壮地成长；

每颗心都需要激励，就像一艘漂泊在大海里的帆船，需要强劲的风力张满篷帆，才能犁开万顷碧波一路向前；

每颗心都需要激励，就像一只盛满了油的灯盏，需要火种来点燃灯芯，才能放射光芒，穿透黑暗……

激励，不但能给人的心灵一种永远向上的力量，激起他实现某种理想抱负的欲望和冲动，往往还能因此而改变一个人的命运。这激励不管是来自他人口中，还是来自自己的心灵深处，都能成为我们开创美好未来的原动力。

台湾著名作家于梨华回忆说："在我14岁那年，我的语文老师把我叫到办公室里，指着我的一篇作文说：'你的这篇作文写得实在好，明天我去贴到布告栏上。好好地用功，将来你可以做个好作家。你可一定要记住我今天的话哦！'正是老师的这句话点燃了我心灵深处的梦想，才让我对自己的人生有了一种瑰丽的构想和期盼啊！"

博格斯虽然只有160厘米的身高，可小时候的他却非常喜欢打篮球，他常常自我激励地说："长大以后，我要去NBA打篮球！"这句话在别人看来不过是他的梦呓而已，因为NBA队员素来以人高马大而著称。然而，他成功了，他成了NBA的球星。

是啊，可以说许多人的心中都对未来的成功充满期待，对人生价值的实现充满渴望，但是，在漫长的奋斗的岁月里，如果心灵缺少了激励的阳光，一些人在坎坷曲折的追求之路上，就会被失败和挫折遮蔽双眼，再也看不到前方的希望之光。而激励则像嘹亮的冲锋号角，能让追求者心灵燃烧、精神焕发、一往无前；激励像是一块能让意志之剑永不失锋利的砺石，能给奋斗者无坚不摧的力量和无所畏惧的勇气。

虽然，人们的身份不同，职业有别，年龄不一，追求各异，但是，人们的心灵深处却有着共同的渴望，那就是对激励的需要！当人们身处逆境时，激励能激起必胜的信念；当人们在失意迷茫时，激励能重铸昔日的自信；当人们在困难面前裹足不前时，激励能给予奋勇向前的力量；当人们在失败绝望时，激励能鼓起东山再起的斗志……

一位人才学家曾说："许多人的平凡或平庸，其实与命运没有任何关系，而是在其成长的过程缺乏一个不断激励他积极向上的人文环境。他人的赏识和自我的激励，往往能让一个人雄心勃发、豪情满怀，在通向卓越的路上义无反顾、百折不挠。"

是啊！激励，能让人充分体味到优越感给心灵所带来的快乐；激励，能点燃一个人灵魂深处渴望成功和卓越的熊熊烈火；激励，能让一个人透过眼前的岁月看到未来生命的辉煌！

所以，让激励像阳光一样，投进自己的心灵，也照彻他人的灵魂吧！

卓越

当你的心灵能够感受到卓越的号角在一声声呼唤的时候，当你的灵魂炽烈地渴望在生命之琴上奏响卓越的主旋律的时候，当你已经准备踏上卓越之途决心向着目标义无反顾地前进的时候，那卓越对你来说已经不再是一个遥远的梦。就如那满树满枝的鲜花已经怒放，期待中的果实不就已在孕育之中了吗？

平凡虽然不是甘于平凡者的错误，但是，卓越却是追求卓越者的荣耀。翻开历史浩卷，唯有卓越者青史留名，他们如夜空中闪烁的璀璨群星光照千古。他们或是驰骋疆场、立马横刀的英雄刚烈，或是思接千载、胸臆飞扬的诗杰文豪，或是心忧天下、救民倒悬的志士仁人，或是问天叩地、求本追源的哲人智者，或是思想深邃、理喻万世的鸿儒大家，或是揭谜自然、探幽宇宙的科学巨匠，或是为国强盛、为民富足的伟人领袖……

历史因卓越者而生辉，岁月因卓越者而荣耀，国家因卓越者而骄傲，民族因卓越者而自豪。因此，追求超越，绝非是个人的心血来潮，而是悠久的历史在民族灵魂深处的积淀，是这积淀在她后代子孙血液中的澎湃和奔腾。当一个孩子降临在世的时候，他的父母无不坚信自己怀中的幼儿，一定是未来人间的一个卓越者！这信念的根就深植于民族之魂的沃野中啊。年轻的心灵啊，当你满怀着炽燃的激情，渴望在未来的岁月里铸就卓越人生和生命辉煌的时候，你不必为自己选择的这条自我奋斗、自我成长的道路而有任何的犹疑和羞愧，因为在你的肩上承载着祖国强盛的神圣使命，因为在你的奋斗中渗透着民族发展的深切追求。个人的卓越，正是推动整个民族卓越的源泉和动力；开放在每一个人生命之枝上的卓越花朵，正是绽放在整个民族之树上动人的美丽；成熟在每一个人生命之枝上的卓越之果，那正是高挂在整个民族之树上期待的收获。

然而，卓越却不是用金钱就可以买来给自己套在身上的华丽衣服，不是用权位就可以给自己强行贴上的身份标签，不是用吹嘘就可以将自己美化起来的谄词媚语。卓越是耕耘者用丰厚的收获对自己生命价值一次又一次的证明，卓越是奋斗者用自己不断取得的业绩铸就的生命品牌，卓越是攀登者在不停地进取中已经达到的生命高度，卓越是追求者用智慧的花朵

为自己编织的一顶无愧于人生梦想的桂冠……

卓越之所以会成为人生的一种至高无上的荣耀，那就先看看心理大师马洛斯是怎么说的："人的需求尽管有5个逐渐升级的层次，但是，大多数人往往在第4个需求'自我尊重'面前便止步不前了，只有极少数人的心中还炽燃着'实现自我'的需求，唯有这个需求，才是铸就卓越者的熔炉！"

年轻的心灵啊，如果你为自己的人生选择了一条通往卓越的道路，那就不要被命运之神夺去你的激情和梦想，怀着坚定的信念一往无前地走下去吧！

你擦亮了我的心

马祖道一禅师在年轻的时候，曾经云游天下，拜师参学。有一次，在求学的路上，不想遇上了大雨，洪水成灾，阻断了行程。不得已，只得在途中的一家客店里住下，以待洪水退去。因为住店的人多，他被安排与一个将军同住。

不承想这个将军却是一个性情暴躁、言行粗鲁的人，大概是由于军务在身而又无法赶路的缘故，便天天出外打听情况，回来后就在屋里诅天骂地，没事找事，特别是看到马祖道一天天在那里坐禅，将军的脸上便总是挂着轻蔑的笑容，时常还会讽刺地说："你的佛祖不是法力无边、大慈大悲吗？为什么不可怜苍生，而一任洪水祸患天下呢？你天天坐在这里念经，不是也得困在这里动弹不得吗？"

马祖道一并不理会将军的无礼和嘲讽，照样天天坐禅不误。有一天晚上，将军从外面回来，马祖道一坐在那里似乎已入了"无我"之境。将军看他如泥塑木雕般的见自己进来也毫无反应，心里正有气没处撒，上床休息时，就顺手将两只沾满泥污的靴子向马祖道一掷了过去，一下子砸到了他的身上，将他吓了一跳。将军看见马祖道一略带惊慌的眼神，竟然还露出了一丝得意的笑容，随后便躺在床上睡着了。

马祖道一依然做自己的功课，结束后，他起身把将军肮脏的靴子仔细擦拭得干净如新，然后工整地摆放在将军的床前。

第二天早上，将军起床，赫然在床头发现了自己的靴子已被擦拭得干干净净，一尘不染，心中不觉一动，想起自己昨晚的行为，感到惭愧不已，便立即向马祖道一道歉。马祖道一只是平静地如自言自语般地说一句："我只是为将军擦亮了靴子啊！"将军充满感触地说："不，你擦亮的是我的心啊！我虽是个粗人，但也从你这里理解了'感动'二字的内涵啊。"

就是这双被擦亮的靴子，使将军深深地懂得了一个道理：最能征服人心的力量，恰恰是来自对他人的尊重。后来，这位将军官至节度使，镇守北方，虽然他手握重兵，但从不以攻掠杀伐为能事，而是以安抚和尊重北方少数民族为己任。所以，他在任之时，北方各民族都相安无事，后来他因病死在军营中的时候，军中的哭声竟然声闻数里，无论多么凶悍的戍卒，提起将军无不流泪叹息……

六祖慧能曾有一句偈语："心平何劳持戒，行直何用修禅。"将军不是参禅悟道之人，但是，那双擦干净了的靴子，却让他尽得禅修之髓，从此成了一个心平行直之人。正可谓是：心底若有禅花怒放，行止自会处处飘香。

像旅行家那样生活

像旅行家那样生活，是因为旅行家的脚步永远都在踏着希望的节奏前进，他们知道，只要沿着一条路不停地走下去，他们就能一直享受着沿途不断变幻的旖旎风光。生活是岸，在岁月的河流里，旅行家的心灵便是渴望阅尽两岸景色的航船。

像旅行家那样生活，是因为旅行家的胸中永远燃烧着探险的激情，他们渴望去穿越那一条条幽深的峡谷，以享受那份由自己的双脚踏破的已凝滞了千年的沉寂；他们渴望去登上那一座座险峰，以享受那份兀立峰巅的极目千里的空旷。

像旅行家那样生活，是因为旅行家永远都把旅行当成自己心灵里的一首首最浪漫抒情的歌。在旅行家的心灵中，永远没有走错的路，因为每一路的风光都是唯一的，所以，他们从不后悔；在旅行家的心灵里，永远没有不值一睹的景色，因为每一棵树都是独特的，所以，留给他们的都是永恒快乐的回忆。

像旅行家那样生活，是因为旅行家总是陶醉在怡然的心境之中，享受着"向青草更青处漫溯"的冲动。旅行家的前方没有最终的目的地，只有他们计划从某处穿越的路标，他们不是行色匆匆、急着去幽会的情人，而恰恰是在享受着与情人悠然漫步与窃窃私语的情郎，他的情人便是创造了自然之美的女神。

像旅行家那样生活，是因为旅行家总是把旅途中的挑战看作生命中的骄傲和自豪。平坦的道路，往往意味着只有平凡的景色；险峻的危途，常常给我们的视觉带来一幅幅遗世孤美的画卷。挑战中，旅行家踏碎的是崎岖坎坷，得到的是心灵的盛宴大餐。

像旅行家那样生活，是因为旅行家总是以自己谦敬的心灵之杯，去承载造化所赐予的纯美的琼浆玉液。在大自然的面前，旅行家感受到的不是躯体的卑微与渺小，而是心灵的感动和欣悦，因为他们总是怀着一颗感恩的心，在感谢上苍能让自己在有限的生命里感受到天地之间无限的美丽。

像旅行家那样生活吧，因为生活中也有一道道值得我们不断追求的甚至比大自然中更壮丽的美景。如果你真的像一个旅行家那样生活了，那么，你便拥有一个像旅行家那样的洒脱、快乐，并且充满了希望和激情的心灵。

快乐的心灵

曾有一个叫尘光的禅师，见人总是满面春风、笑意盈盈，凡是见过他的人，无不被他快乐的笑声所感染。当然，也常常会有人问他："尘光师傅，你为什么总是这样的快乐啊？"尘光禅师总是一边笑一边回答说："因为在我眼里看到的每一个人都是菩萨，我怎能不快乐啊？"

尘光禅师可谓快乐有道，他以无比超脱的目光，能透过普通之人的凡身肉胎，看到他们神性的一面，从而使自己仿佛置身于一个被大慈大悲的菩萨所包围的世界里，这怎能不让人活得情趣盎然、轻松惬意呢？观山则情满于峰峦，望海则意溢于波澜，如果我们目之所及，看到的都是他人的长处、优点和闪光点，那么，我们的生活与徜徉于一个阳光明媚、花开烂

漫的林园何异？

尘光禅师的快乐，在心理学上被称之为"欣赏效应"。心理学家曾做过这样的一个实验，他们随意把请来的10个愿意参加实验的人分成两组。第一组的5人，研究人员分别对每个人都暗自介绍了其他4人的优点和长处；第二组的5人，研究人员则分别对每个人都暗示了其他4人的缺点和短处，然后，让两组实验者各自在不同的地点共同生活三天。其结果是：第一组的5人，由于相互欣赏彼此的优点，看到的尽是他人的长处，三天里，他们相互尊敬，其乐融融，分手时还有些依依不舍之意。而另一组则不同，他们从见面的那一天起，就相互设防，彼此看到的尽是对方的缺点，在一起真是度日如年。从这个实验中，心理学家们得出一个结论：如果你把自己的目光锁定在了别人的优点和长处上，并给予积极的评价，你就会在心里感到轻松快乐，也就是说欣赏本身就已渗透了快乐的情愫——欣赏即快乐。这就是人际交往中的"欣赏效应"。

曾读过一篇很有深意的童话。丁一然是一个很可爱的孩子，在学校里有很多的好朋友。有一个夜精灵也喜欢上了他，便常常在梦中与他玩耍。有一天夜里，夜精灵悄悄地把一盒糖丸放进了丁一然的书包里。第二天上学的时候，一然发现了书包里的糖丸之后，就与大家分着吃了。谁知吃了糖丸之后，一然突然发现他的朋友一个个都是满身的缺点，有的人指甲太长太脏，有的人长得太丑，有的人说话声音真是难听极了。他心情糟极了，我怎么能与这些没素质的人成了朋友啊？他还没说话，就已经听到了朋友都在相互指责着对方。夜里他还在为白天发生的事做着噩梦。小精灵知道自己错误地把"发现缺点"的糖丸给了他，才惹得一然如此不高兴。于是，他又悄悄地把"发现优点"的糖丸放进了一然的书包。第二天，一然仍然把糖丸散给了大家。谁知吃了糖丸之后，他感觉到眼前一亮，竟然发现同学们一个个都是优秀无比，有的乐于助人，有的学习用功，有的聪明异常。一然看着他的朋友们，真是越看越乐。再看看其他的朋友，也都相互夸赞着对方……

　　这虽是一个童话，但却向我们揭示了一个真理：多看他人优点你总乐，多欣赏他人长处你就会有一颗永远快乐的心。

意志宣言

　　登上珠峰，曾经是许多登山者激情浪漫的梦想，但是，真正有勇气向这座世界最高峰发起挑战的人，英国的马洛里应该说是第一个。这个充满幻想和自信的登山者，却把爱妻的照片一直揣在怀里，他说，登上珠峰后，就把这张照片留在那里，作为他登顶成功的唯一证物。

　　1921年，他告别了妻子，随着登山队来到了中印交界处的大吉岭，这是最早的珠峰登山大本营。然而，由天气、体能等种种原因，这次登顶失败。1922年，他们再一次来到这里，向珠峰发起冲击，但是，他们依然没有成功。登山队返回英国，做了两年的休整之后，1924年，他们仍以珠峰脚下的大吉岭作为登山基地。他们来到营地，落脚未稳，记者便团团地围住了马洛里问道："你已经有过两次登珠穆朗玛峰失败的纪录了，为什么还要来啊？"马洛里用硬邦邦的口气回答说："因为山在这里！"接着他又补充道："如果你不能够理解人的内心会感受到这座山的挑战，并勇于接受这个挑战，如果你不能够理解这种奋争正是生活本身的奋争，向上的，没有终止永远向上的奋争，那么你都不会懂得我们为什么要来！"

　　马洛里的回答，让所有在场的记者无不动容，也让他的队友无比感动。因为山在这里，挑战就在这里，所以，奋争也在这里！挑战，这是上天赋予勇敢者的权利，也是他们心灵深处感受到的某种非凡的呼唤。他们

挑战极限，挑战自我，他们渴望成功，但也绝不畏惧失败！这也正是"挑战"二字的伟大意义之所在。

这一次登峰，在冲顶至8500米处的时候，不想天气骤变，狂风大作，队长无奈，只得下达下撤的命令。但是，马洛里却说不想放弃登上眼前只有几百米远的峰顶的机会，毅然地与队友欧文一起继续攀登，从此，他们再也没有从山上走下来……

英国登山队的这次登顶又一次以失败而告终，并且还损失了两名可爱的队友。面对媒体的采访，一个队员压抑着自己内心深处的悲伤，激动地说："珠穆朗玛峰啊！你可以让我们失败一次、两次、三次，但是，我们绝不会屈服，总有一天，我们将把你的高度踩在脚下！因为我们会不断地成长、进步，至于你，就只有这么高而已！"

这段话，简直就是马洛里精神的再现，是诗意而浪漫的意志宣言！在以后的岁月里，这支登山队的队员换了一茬又一茬，但他们从来都没有放弃过登上珠峰的梦想。直到1953年5月29日，他们在第八次攀登的时候，队员希拉里终于登顶成功，成了站在珠峰之巅的第一人。

一支登山队如此，任何一个人也是如此，只要他的挑战和进取中闪耀着意志的光芒，无论成败，都将令人肃然起敬！

才华与境遇

一个人拥有了非凡的才华，这并不仅仅只是他个人的幸事，应该说是天下的幸事，因为他的才华之花所装点的并不只是他个人生命的林园，这枝美艳的花朵所孕育的果实，当然，也不是他自己所独享。非凡的才华虽说会让人艳羡不已，但是，拥有这才华者却必须面对复杂的人际关系，必须知道在不同的境遇怎样面对现实，才能最终用这才华铸就自己的人生丰碑……

当23岁的米开朗基罗为圣彼得大教堂制作的雕像《哀悼基督》完成后，其艺术才华也随之脱颖而出，并得到了教皇的赏识和器重，决定委派他为自己建造华丽的陵墓。教皇的赏识，却让当时的总建筑师勃拉芒德的嫉妒之心勃发，生怕米开朗基罗在教皇面前抢了他的头风，影响了自己的权力和地位，他竟然成功地说服教皇放弃修建陵墓的计划，并让米开朗基罗放下刻刀去为西斯廷礼拜堂的天顶画十二使徒像。让一个雕刻家去画天顶，这不是蓄意让他在世人面前出丑吗？当米开朗基罗知道这是勃拉芒德在借天顶画来作弄自己的时候，他不但没有退却，反而将自己心中所有的恼怒，都一下子转化成了创作的激情和冲动，他决心要以自己的才华为武器来向勃拉芒德的嫉妒做出有力的回击。

经过了漫长的四年半的不懈努力，他终于创作出了气势恢宏的伟大作品——西斯廷天顶画，它那撼人心魂的神妙构图，反而让处于它下方前辈大师所作的壁画相形见绌。当勃拉芒德看到这完美的作品时也被震撼了，他忘掉了曾经徘徊于心中的幽灵——嫉妒，由衷地赞道："这是上帝在通过他的手完成的旷世之作啊！凭着这幅画他完全可以获得艺术生命的永恒！"这赞美传到了米开朗基罗的耳中后，他说："我承认正是勃拉芒德的嫉妒才成就了这幅天顶画作！我还是得感谢他的。"

俗话说：性格决定命运。任何一个人，不管你拥有多么超凡出众的才华，如果没有坚定的意志、坚忍的毅力和一往无前的进取精神作为灵魂的支柱，那么，嫉妒就会使你走向沉沦，就会让你在"怀才不遇"的幽愤中渐渐地失去创造的激情，就会将你灵光一现的才华永远地归之于沉寂。抱怨自己生不逢时是弱者的自我安慰，唯有像米开朗基罗那样，敢于对自我挑战和超越，从而达到对嫉妒的超越和胜利。

当然，才华所面对的并非都是嫉妒。当年，欧阳修读了苏轼的一篇《刑赏忠厚之至论》的文章，因惊异于他的才华，便准备大加提携，不想有人暗中对欧阳修说："苏东坡才情极富，若公识拔此人，只怕十年之后，天下人只知苏东坡而不知欧阳修了。"然而，欧阳修并没有被嫉妒的情绪所左右，他说："像苏轼这样出众的人才的确难得，我真的应该让他高出一头呢！"欧阳修没有看错人，后来未出十年，苏轼的文章果然与欧阳修齐名天下。

人生的境遇虽然不同，但是，才华之花若是盛开在勇于挑战自我、超越自我者的生命原野上，她必能结出惊世的果实！

水的禅机

因为这个"禅"字常常与"佛"字相连，世人便觉得它玄机重重、深妙难懂，其实，只要你看一看禅师是怎样以水为禅机来示悟弟子的，就知道禅不过是生活的智慧与心灵的启惑罢了。

仪山禅师主持曹源寺的时候，因为道行很高，便有许多人前来参禅，其中就有一个年轻的小和尚，虽然仪山允许他在自己的门下修行，却只让他干一些给寺中僧人烧洗澡水的杂务。一天仪山禅师洗澡，水有些热，便让小和尚提桶冷水来，调好水温后，他竟把剩下的半桶水哗的一声都倒在了地上。仪山看到后责骂道："你真是个笨蛋！还有半桶水，你就这样不知珍惜地浪费了，像你这样，就是参上几十年也不会开悟的。万物各有所用，无论多么卑微的东西，即使小如一滴水，都有自己的一席之地，一方天空。你把剩下的水浇树不就很好吗？树很需要水，水也就派上了用场。

参禅的人如果没有济物之心，那自心又从何谈起呢？"一席话，让小和尚顿然开悟，从此便潜心修行，并自号"滴水和尚"，后来成了一代著名禅师。老年时曾写下一首有名的诗偈："曹源一滴水，济心七十年；受用不尽，盖地盖天。"

看，这小小的一滴水中蕴含着何等丰富的禅机啊！洋洋江河，浩浩湖海，大自然里原本就没有一滴多余的水，怎能容你随意挥霍！人本万物之灵长，若是连这一点都看不透的话，其心岂能与大慈大悲的佛心相通呢？经过了禅师的点拨之后，原本心迷性疑的小和尚，刹那间便成了自心了悟的滴水和尚。

还有一个以水论禅的故事。有一个出身于木匠世家叫光藏的青年，由于一心向佛，便一心想成为一个佛像雕刻家。虽然他的雕刻技术已经很好，但所雕佛像总不能让人满意。于是，他就去拜访东云禅师，希望能得到他的指点。东云禅师知道了他的来意之后，什么也没说，就吩咐他去井边汲水。当东云禅师看到了光藏汲水的动作之后，突然开口大骂，并赶他离开。光藏不知自己做错了什么，一脸迷茫地待在那里。因为时近黄昏，其他僧徒看见他可怜巴巴的样子，颇为同情，就请求师父留光藏在寺中暂住一宿。

光藏觉得心里委屈，翻来覆去睡不着，半夜时分，他被叫去见东云禅师。禅师以温和的口气对他说："也许你还不知道我昨晚骂你的原因，我现在就告诉你，佛像是被人膜拜的，所以，对被参拜的偶像，雕刻的人要有一颗虔诚恭敬的心，才能雕出威仪庄严的佛像。我看你汲水时，水都溢出桶外，虽说是少量的水，但那都是福德因缘所赐予的，而你却毫不在乎。像你这样不知惜福惜缘和对万物缺乏虔敬之心的人，怎么能够雕刻佛像呢？"

东云禅师的话，让光藏的心里幡然醒悟。从此，他一边在东云的门下潜心修行，一边学习雕刻。后来，他雕刻的佛像，神韵独出，浑然天成，

成为一代大师。一颗虔敬的心，难道不是做好一切事情之本吗？

从对寻常所见之水的态度上来考量一个人的灵魂，也许有人会觉得这是小题大做，其实，只要我们仔细地想想便会明白：万物皆有其根源，万事皆有其至理。一滴水可以映照太阳，一滴水也可以映射出一个人的内在本性。一沙一宇宙，一花一境界，一些看似不起眼的小细节，往往就是决定一个人未来成败的关键啊！

这就是禅的妙丽之所在。

生活永远值得我们期待

不要以为日子都像是一层层冲击海岸的波浪，在无聊与寂寞的循环往复之中悠来荡去，只要我们勇敢地驾着希望的帆船驶向大海的深处，我们就会发现日升月落的雄伟壮丽，就会发现蛟潜龙吟的勃勃生机。

不要以为岁月都像是那向前无限伸展的坦途，映入我们眼帘的都是单调而又乏味的一马平川，只要我们意志坚定地走向远方，我们就能看到山峦的逶迤悠远，就能看到山峰的巍峨雄姿，就能看到冰川雪顶的奇绝景观。

不要以为生命就像是树木的那一圈圈的年轮，在迷茫之中被动地接受着四季的交替，只要我们愿意去追逐自己心中的梦想，我们就能像高翔的雄鹰一样开拓出一片属于自己狩猎的领地，我们就能像威仪凛然的王者一样在云天之间自由地巡弋。

不要以为自己就像是一个孤独的旅行者，在平凡而又庸常的生活之路上落落地跋涉着，只要你心中的那朵期待之花还在如火如荼地盛开，这花朵的美丽，就一定能引来一双欣赏的眼睛；这花朵的馨香，就一定能引来一个充满怜爱的心灵。也许你们相隔千里万里，但是，你们彼此都能听到发自对方心灵深处充满爱之旋律的歌，感受到彼此让人快乐幸福的心灵的律动。

生活永远值得我们期待，就像阳光永远会从东方升起驱散黑夜一样。你要相信，在时钟滴答的每一秒里，都在孕育着我们的幸运！你要相信，在你追求的每一个梦想中，都在孕育着成功的果实……

佛说："只要你没有抛弃心灵中的那樽希望之杯，我就会为你一次次地斟满你渴望得到的琼浆玉液。"其实，佛，并不是你顶礼膜拜的偶像。佛，正是你自己！

成熟的心灵

成熟的心灵是那种充满禅意的宁静和明畅的心灵，她追求花的美丽却不痴迷于美丽，她追求果的馨香却不刻意于馨香，她追求目标却不执着于目标，她追求成功却不受困于成功。当偏激的诗人从心灵深处发出"曾经沧海难为水，除却巫山不是云"的感叹时，旷达的禅者却在悠然地吟咏着"千江水映千江月，千江水月共圆缺"的诗句。

成熟的心灵是永远含着笑意面对世界和生活的心灵，她知道烦恼和哀愁是一剂自己酿制的慢性毒药，它能让绚烂的青春之花早早凋谢，能让旺盛的生命之树日渐枯萎。只有从容的微笑，才能像荡漾的春风让我们无时无刻不感受到天地间的勃勃生机；只有快乐的欢笑，才能像突突喷涌的青春之泉为我们的躯体注入无穷无尽的生命活力。

成熟的心灵是那种超越了毁誉荣辱的心灵，她明白人生的价值不会因

为自我的吹嘘而增加，也不会因为他人的诋毁而减少；她懂得人生的价值犹如树的成长，只有深深地扎根大地并不断地从那里吸吮营养，她才能一天天地长成参天巨木，成就天地间的伟岸雄姿；狂风的摇撼，看似吹落了树叶片片，吹折了弱枝条条，其实，它却更摇出了树的洒脱和自信，摇出了树干的韧度和硬度，摇出了树根的深度和强度。

成熟的心灵是把耕耘当事业的心灵，她知道任何收获都只能来于被自己曾经耕耘过的土地，知道任何理想的大厦都只能一砖一砖地建起；空想改变不了平庸的命运，行动才能为你敲开卓越之门。不管是多么上乘的铁矿石，不经过一次次的炼制也成不了一把锋利的宝剑；不管你曾经是一个多么聪明的孩子，如果不敢在奋斗中经历一次次失败和挫折的锤炼，那么，在未来的岁月里也注定不会有超群的智慧和傲人的功业。

成熟的心灵不是那种充满机巧和善于钻营的心灵，她崇尚纯朴和简洁，相信老子的"不争和无为"之说才是智慧的灵魂；她经营人生是把它作为不朽的艺术来投入其中，她享受岁月是把每一天都当成是自己的最后时刻；她知道一个人既然可以在畅心快意中活得从从容容洒洒脱脱，为什么还要在怨天恨地中过得苦苦痛痛落落寞寞？快意者和失意者他们拥有的都是同一个太阳，不同的是一个对阳光充满深深的谢意，一个却因阳光不能独照他一人而愤恨不已。

一个演奏艺术成熟的小提琴师，他可以在任何一把小提琴上奏出美妙动人的乐曲，而一个心灵成熟的人，他可以在任何环境和条件下都能活得有滋有味、潇洒自在，都能活出鲜亮的自我、实现自我价值的最大化。一个教师对他即将毕业的学生们说："在未来的岁月里，我希望你们能常常审视一下自己的内心深处，看看盘踞在那里的是热情还是冷漠，是快乐还是悲伤，是宽容还是愤恨，是期望还是失落，是燃烧的激情还是灰色的懊丧，是坚定不移的信念还是难以自拔的沉沦……如果总是如前者那样的积极的东西，那么，你就要向自己祝福，因为你已经是一个心灵臻于成熟的人了！"

如水心态 似云精神

一个人在生命的岁月里活得洒脱与否，其实，是由两种不可颠倒次序的心境使然。在物质的生活中，如果能怀着向下向平向静的如水心态，那么，在功名利禄和荣辱得失的面前，自会泰然处之、波澜不惊，如岸上杨柳，任它河流之中帆影奔忙，争先恐后，我自悠闲依然，随意弄风；在精神的生活中，如果能持着向上向远向动的如云心态，那么，他就会把实现生命的价值和成就卓越的人生，作为自己终身追求的目标，他渴望着自己的生命能迎来如花的绚丽、似果的充实，他期待着自己能一直过着如少年时代一样的充满激情和创意的生活……

水与云，只不过是同一种物质的两种形态。为水，则流向低处，安于平静，坦然自处，淡泊畅明；如湖如海，坦坦荡荡；吟星咏月，自有一段诗韵；怀花映柳，不失一片风情。为云，则扶摇而上，乘风远去，随意挥洒，无拘无束；过千山而不停足，走万里而无留意；如骏马驰骋，蓝天是它的草原；如战舰出征，天空是它的海洋。

当然，水的心态与云的精神，也是同一个人在对待世俗生活与内在追求的两种选择。人的本能，无不对世俗的享受、快乐、荣誉、地位、名利和金钱，充满着占有的欲望，在得失之间，经受着浮沉的折磨；攀比之心，更是让人受尽了嫉火的煎熬。挫折感、失败感、自卑感、屈辱感、失落感，常常让一个人的心中充满消极的、愤世的、悲伤的、哀愁的不良情绪，这情绪又反过来严重影响着我们生活和生命的质量。在这种情绪的影响下，悲观厌世者有之，感叹命运多舛者有之，意志消沉者有之。此三

者，食不甘味，寝不甘寐，郁郁寡欢，凄凄终日，常常让人无病而痛，无伤而疼。这情绪，让人短时间内伤身，长时间里折寿。选取这种心态度日，无异于是自讨苦吃，自己跟自己过不去。若是选取水样的心态，不与人攀比，只向下看，便自满自足，自得其乐。水平则静，心平则闲，无欲不争，潇洒怡然。

然而，如果一个人只有水的心态而无云的精神，虽有隐者的安然，但却因失去了心灵的寄托，往往又会把生命引入沉沦与颓废的境地。所以，一个人只有在有了远大的志向和梦想的时候，他才能真正地超越世俗的羁绊，去过一种充满浪漫激情和挥洒智慧的有为生活。伟大的理想给人博大的襟怀，远大的追求给人以长久的希望和期待，前进的足音，给他以做人的自信和自豪，目标的接近，让他享受着生命的价值感和成功感……

如水的心态，让人在世俗的世界中生活得平静、安然、自足和快乐；似云的精神，让人在心灵的世界里生活得浪漫、激情、自信和洒脱。

爱

当爱的阳光从你的心中升起的时候，那被爱者必然在这阳光里显得倍加灿烂和辉煌，犹如晨曦冲破暗夜的一刹那间，沉睡的雪峰便在蓦然之间披上金灿灿的光芒，宛然佛前的一朵盛开的金莲一样。爱与被爱，相映生辉。

爱是造物主深植在我们心田里的传播美好基因的种子，当她发芽的时候，呈献于岁月的是希望；当她开花的时候，展示于大地的是美丽；当她结果的时候，飘逸于人间的是馨香。爱会为我们披上迷人的圣光。

爱是我们在生命之琴上奏响的最曼妙无比的旋律，她能淋漓尽致地展现出你的才华、你的品位、你的素养、你的境界、你的心性和你的内涵。你是小溪，你的旋律中便会充满小桥流水的柔美；你是江河，你的旋律中便会飞扬着奔放豪迈的激情；你是大海，你的爱曲中便回荡着大气磅礴、空旷蔚蓝的壮阔。爱给了我们尽情地绽放自己灵魂之花的机会。

美是点燃爱的火种，美是推开我们心灵深处的那扇爱之门的神秘力量。一本书让你爱不释手，是因为她文字的美；一支歌让你百听不厌，是因为她旋律的美；一幅画让你赞不绝口，是因为她色彩的美；一道风景让你流连忘返，是因为大自然的美；一个人让你爱得魂牵梦萦、神不守舍，是因为他身上有某种让你心灵悸动的美……美像一串悦耳的风铃，呼唤着爱的到来，而爱则像一首颂诗，用自己的韵律证明着美的价值。

然而，爱绝不会是一支凭空而又随意射出的箭，可以说每一支放出的箭都是有的之矢，就如每一朵花都有她开的理由一样，每一种爱也都有她自己的情愫。信徒对神灵的爱，是因为他祈求着神灵对他来世今生的超度；旅行者对大自然的爱，是因为他能从大自然中获得某种心灵的享受和挑战自我的快感；父母对儿女的爱，是因为儿女寄托着他们未来的希望，并能给他们带来天伦之乐；朋友之间的爱，是因为每个人都能从朋友那里得到一份欣赏、尊重和彼此对人生价值的承认；恋人们之间的爱，是因为彼此都把对方的爱，当成了自己从情感的圣坛上取得的最神圣、最宝贵的礼品，这礼品使他们的心灵充满了公主或王子般的尊荣、自豪和幸福……有人说，爱是盲目的，其实任何一种爱，她们在任何一个时刻，都在睁着一千只明亮和洞察秋毫的眼睛。

对于婚姻家庭来说，爱，犹如家里的锅灶，如果灶中无薪可续、锅中无米可炊，那么，终会有灶冷锅空的一天。我曾经有过一个女同事，她的丈夫当初为了得到她的垂青，可以说是天天恭送玫瑰、日日温情软语，甚至不惜曲下男子汉的双腿，当众向她跪下求婚。她的风光，她的骄傲，简直让其他的女孩女士们嫉妒得要疯了。然而，婚后的她依然是颐指气使、依然如公主皇后一般，而婚后的丈夫却渴望从妻子那里得到男子汉的尊重和尊

严。其实，霸气和奴气都是爱的致命毒素，这毒素终于开始在他们的婚姻中发作了。矛盾已是不可避免，并渐渐升级，十年里，两人竟然三次离婚两次复婚……他们俩的悲剧，并不是因为他们之中缺少了爱，而恰恰是源自他们中的一个不懂得往爱之灶中续薪，一个没学会往爱之锅中加米。

其实，婚姻不是爱的契约，准确地说，婚姻只是从爱之花的蕊中孕育的一颗青果，这青果需要精心地呵护，需要浇水、施肥和增加营养，她才能慢慢地在岁月里走向成熟，她才能为两人的生活带来馨香和甜美。在这青果走向成熟的时候，小的波折往往不会影响她的成长，但是，大的风暴就有可能将她吹落枝头。将彼此的爱共同组成一个美丽的花园是一种能力，让爱的果实从青涩走向成熟更是一种能力。爱，也是一门艺术，她需要每一个人不断地学习和提高，才能使之渐臻最佳。

就像世界上没有任何完美的事物一样，在我们的生活之中当然也不存在完美无瑕的爱。假如有一天，你学会了把这瑕疵看成是托月的云，看成是映日的霞，那么，你就学会了以完美的心态来享受你的爱，你就学会了以快乐的心情来慢慢地啜饮你生命中的这杯爱之美酒。

胸臆中的大和生活里的小

古人读书，往往辟一静室，幽谧清朗，逸心独悟，神追先贤，意在九州。所以，就是在这样的静览遐思之中，不知陶育了多少激情炽燃、灵魂升腾的年轻志士！他们心雄气浩，志在天下，其品其格，可赞可叹。

生于两千多年前的陈蕃，便是其中的一人。据《后汉书》所载，有一天，15岁的陈蕃正在自己的书房里读书，他父亲的老朋友薛勤来陈家串门，俩人信步走进了陈蕃学习的院子里，只见杂草丛生，室内也是书籍纵横。父亲说："你这孩子，明明知道客人随时都会来访，怎么不把屋里屋外打扫干净呢？"陈蕃答道："大丈夫处于人世间，志在打扫天下，有时间还想多读几本书，哪里还会特别在意房间的打扫呢？"薛勤听后，暗暗称奇：这孩子这么小，便已有清理天下的抱负，将来必定不是等闲之人！

对后世影响较为深远的《世说新语》，也把陈蕃的事迹列为开卷的第一篇，可见古人对他至极的推崇。陈蕃说的话语，可以成为读书人倾吐心声的准则，行为可以成为读书人处世之道的模范，他登车赴任之时，便已抱定了要把自己澄清天下的壮志付诸实践的决心。所以，身为太守，他刚一到南昌，便问贤士徐孺子的住所，欲去拜访，主簿说："大家都盼望着你先入官府呢。"陈蕃说："周武王刚战胜殷纣王，便去拜访贤士商容，连休息都顾不上，我先去拜访贤者，有什么不可以的呢？"敢以周武王为模范，其志可见一斑！

后来，陈蕃果然位极三公，一生都以社稷为重，以民为本，敢于犯颜直谏，不避生死，虽最终没能完成扫清天下的大业，但是，历史却给了他至高无上的评价：其贤能所树的风声，足为万世之楷模！

当然，静室读书者，在中国的历朝历代中，可以说都多于苍穹里飞翔的天鹅。当岁月流到了清朝末叶的时候，一个叫刘蓉的少年，亦拥有一间静室，名曰："养晦堂"，取"木晦于根，春容晔敷，人晦于身，神明内腴"之意，翻译过来，就是：地下的根系越发达的树，枝干越茂盛，内在的识见越丰盈的人，其立身处世就越有智慧和创造性。可见"养晦"二字，应该说是最贴近读书之精神的。

所以，刘蓉在养晦堂中，俯首而读，仰头而思，遇有想不通的问题，便一圈圈地在室内踱步思索。室中有块盆口大小的洼地，被他愈踩愈深。有一天，其父来到室中，看到那个坑，调侃说："你一室不治，何以治国平天下啊？"于是，命童子取土填平了。

就是这两个相距大约两千年的人物故事，竟然被庸琐之人给嫁接在了一起，原本气畅意快、超卓秀拔的文字，一下子就变成了萎靡精神、魂

魄顿失的教条：陈蕃字仲举，蕃年十五，尝处一室，而庭宇芜秽。父友同郡薛勤来候之，谓蕃曰："孺子何不洒扫以待宾客？"蕃曰："大丈夫处世，当扫除天下，安事一室乎？"勤反问道："一室不扫，何以扫天下？"蕃幡然而悔之。

这薛勤的一问和陈蕃的一悔，让历史中原本意气高昂、襟怀慷慨的两个人物，一下子都委顿了起来，把原来的赞赏，一转而成了嘲讽。假如两人地下有知，薛勤一定会大声抗议："谁这么无聊，把自己的卑琐贴到我的身上？"陈蕃也一定会严正声明："有志于耕好田的人，只要准备和掌握好与之有关的技能和本领就行了，其他的琐屑事，我可以不关心，何悔之有啊！"

其实，历史的真实是，意气风发的陈蕃也无意去打扫庭院，但是，他的胸怀和成就却被史家大书特书；刘蓉肯定没主动地去填平地面，因为这个故事本来就是刘蓉自己讲的，所以，他不过是想借父亲的话，来暗喻自己的治国平天下的理想抱负而已。后来，他也官至巡抚，至少是现在的省长，并且，还有《养晦堂诗文集》《思耕录疑义》等书传世，虽然没有取得像陈蕃那样的成就，但也算是一个成功者吧。

由此可见，扫不扫一室，只是人们在喋喋不休的争论中还没弄清是"细节"还是"小节"的问题，但是，胸中有没有雄心壮志，才真是维系着一个人一生成败的大是大非的问题。所以，对于追求卓越人生者来说，胸臆中的大和生活中的小，一定要认识清楚，虽它们不是对立的，但是，却有一个先后问题，古人最聪慧，总是劝人："先立乎其大，有志者竟成。"通往卓越和成功的路，每个人都是不一样的，但是，立志成为卓越或成功者的胸臆，却是相同的，试图用"一室不扫，何以扫天下"来让志宏心雄的陈蕃们悔之，简直就是卑劣的恶作剧，当然，像陈蕃和刘蓉这样的真正心怀天下的志士，肯定也是不会被误导的！

客栈兴谈

  暑假里，骑行川藏线，到康定，住进了藏胞泽仁的客栈里，接待我的是一个有些瘦削却非常精明的汉族小伙子，感觉他并不像是个打工者，也许，他看出了我的狐疑，就自我介绍说："我也是和你一样来骑行川藏线的，约的骑友还没来到，这两天闲着没事，就给老板帮点忙。"

  川藏线是造化赐予人类的一条秀美绝伦的立体艺术长廊，从其间穿越，那一路的山诗水韵，让你印心透魂，所以，每天晚上，不管多么疲惫，我都要在随身带的平板电脑上写下骑行笔记和感悟，并发在网上与朋友分享。我住在楼上，无线网络的信号实在太弱，便坐在楼下的吧台旁侍弄，小伙子看我捣鼓完了，问道："是不是发博客？"我点了点头，他说："我能看看吗？"

  看小伙子如此有兴趣，我就把自己的QQ号给了他，让他去我的空间浏览。他看了一会儿，有些兴奋地说："你是老师，还是作家啊！"

  我笑了笑。小伙子说："在川藏线的骑友中，能遇到一个作家，真是我的运气。我叫小杰，也喜欢写作。"说着，他在手机上打开自己的博客，说道："从成都出发，这一路，我也写了几篇随感，老师给我指导指导吧。"说着他把手机递给我，就接待新来的客人去了。

  小杰的几篇文章都不长，很快便读完了，他的文字虽然还算不上成熟，但文字里涌动的激情和思想，正彰显着他渴望进取和追求卓越的灵魂，感觉在接受川藏线的挑战中，能遇到这样的年轻人，颇让人感到欣慰。

  晚上，小杰来到我的房间，他说："老师，作为一个年轻人，面对未来，我很迷茫，你是一个作家，能告诉我一些人生最重要的东西吗？"

  谁在年轻时心里没有困惑呢？看着小杰那双燃烧着期待的眼睛，我想到了曾经照亮自己奋斗历程的一盏明灯，我说：

"一个人的心态，对其未来人生的影响，可以说是至关重要的，不管你将来想在哪个方面或方向上有所突破，都不能不对自己的心态，好好地审视一番，而心态，又分为聪明型与智慧型的两种。聪明型的心态，往往会引领你走向优秀；而智慧型的心态，却引领着你走向卓越！聪明，是本能的产物；而智慧，是心灵的产物。所以，拥有聪明型心态的人，总是会极力地打造人生外在的强大，而拥有了智慧型心态的人，则更趋向于不断地打造自己内心的强大！

"聪明型心态的人，一旦走到了优秀的层面上，便会不断地追求完美，因为怀有这种心态的人，更注重外在评价，任何瑕疵，都是他们所不能容忍的东西；而智慧型心态的人，一旦走到了优秀的层面上，他们寻求的往往是某个方面的突破，以往的准备，都是为这个突破所做的奠基，所以，他们不在乎完美，只在乎创意，在乎内在的悟觉！

"智慧型心态，应该说是脱胎于聪明型心态，但是，却与之有着本质的差别，就如蛹化蝶变一样。比如你喜欢写作，聪明型心态，可以引导你走向优秀的作者群里，而智慧型心态，则更可能引导你向走大师级的行列之中！不仅写作如此，一切皆然。

"为什么说聪明是本能的产物呢？因为上天让我们生而为人，便已赋予了我们各种关乎生存方面的灵性，比如，饥餐渴饮，趋利避害，呈强好胜，等等，这些灵性总和的集中表现，就是聪明。一旦一个人所关注的东西，超越了本能或原欲，转移到了灵魂或精神的层面上，那么，他的心态也就会从聪明型渐渐地走向了智慧型。智慧，是一种内在的力量，她将推动着你不断壮大自我、超越自我、成就自我，这是一个过程，一个让你追求无止境，创造无止境，悟觉无止境，快乐无止境，幸福无止境的人生过程！

"聪明，是上天赐予生命的一把利剑，所以，拥有聪明型心态的人，渴望成为一个能战胜一切对手的剑师；而智慧，则是宇宙万象汇聚于人的内心世界之后，经过灵魂的萃砺和熔融，而形成的能够孕育创意、悟识和妙觉的泱泱之水，所以，拥有智慧型心态之人，他们就会把自己的渴望、梦想和希冀，铸成航船，驾驭着她，驶向自己向往的彼岸！"

听了我的话，小杰深深地叹了口气说："老师，如果不是今天遇到你，也许，我今生今世都难以听到这些充满智慧的话语。如果你不介意，就收下我这个学生吧！"

我笑了笑说："呵呵，我们还是做朋友吧。"

因为第二天，要翻越雄拔入云、海拔落差约有2000米的折多山，便早早地休息了。我以为这一别，就是永别了，谁知26天后，当我刚刚骑行到达拉萨时，竟然又收到了小杰的短信，他说，4天后将骑到拉萨，让我一定等着他，他想在拉萨见到我，再和我痛痛快快地畅聊一次……

遇到了这样的一个与自己言契意合的年轻人，我有什么理由不等呢？

信仰与智慧

每当我心谧神宁地仰望深邃迥辽的夜空之时，总会想起别人常常问及我的一句话："你有信仰吗？"

信仰，是一个关乎灵魂的事情，有了信仰，我们的灵魂才会有所依托，活在这个世界上，我们才能感受到生命的意义和价值。没有信仰，我们的灵魂，注定会像野风一样，在天地之间无休止地流浪。所以，我的回答："当然有信仰啦！"

有人依然会刨根问底："那你信仰的是上帝、基督、佛禅，还是真主？"

我会非常认真地回答说："宗教，不过是信仰的某一种表现形式而已，而我的信仰，就与宗教无关，她，便是道！是主宰宇宙大化演进的规

律！道，也许不像宗教的神灵那么具象，但是，道，却存在于万事万物的每一个因子或元素之中，盛放于森罗万象的每一缕光线或色彩之外。宗教的信仰，要求人们的是在恪守和遵从律条或禁忌中，完成自我精神的救赎，以达永恒的彼岸；而道的信仰，则启发人们，在智慧的引领之下，创意地开拓人生，诗意地享受生命，在时间的光影里，追索存在的意义，实现人生的价值，以此来获得灵魂的平静和慰藉！"

在我还是一个高中生的时候，曾经与我们班的成绩总是第一的同学，有过这样的一次对话："真羡慕你的聪明啊！成绩一直都是这么优秀，凭着这势头，将来一定能够成就一番人生的大事业！"他却叹了口气说："为了保持住这个让别人羡慕的第一，我已耗尽了心血，我哪里还有什么潜力去成就人生的啥子大事业啊！冥冥之中，我已经感觉到自己就是那颗最平凡的星宿，可我却在拼命地燃烧自己，盛放出了强光，我被自己毁了，我的灵魂在这样的燃烧中化成了灰烬！"我说："不！你不要自弃！这个世界上，一定存在着某种力量，会让我们变得愈来愈强大，只要我们愿意，就一定能实现自己渴望实现的梦想！"

从少年时代，我便不相信神灵，不相信命运，而是一直坚信，浩渺无穷的宇宙深处，一定存在着某种东西，在不断地推演着大化万物的生发、森罗万象的成势，那么，这东西也必将在成就着我鲜活的生命之时，襄助我内在的灵魂去追求和达成自己渴望的生活……

后来，在阅读了老子之后，我深深地懂得了这个东西就是道！依道而行，合道而作，我们的生命，就一定能成为天地间的一道最美的风景线！

道，看不见，摸不着，但道却又无处不在！仰观天象，俯察地理，凡是雄浑之景，永恒之象，绵延不绝之物，大到日月星辰，小到种子精卵，无不都在彰显着一个"圆"字！圆，不是道，但是，道却以圆象说法，直透着道的本质，凡是生生不息、周流不滞的事体，都与这个"圆"字，水乳相溶，机缘相契。所以，悟透了这个"圆"字，我们的生命便圆澄如镜，圆润如珠，自适适人，自达达人，自秀秀人，处低位而不卑俗，置峰巅而不炫巧，圆融处事，圆常立身，圆趣逸心，这便是智慧！

道的信仰，让我感受到了生命的意义，活着的价值；道的智慧，让我知道了在这一段属于自己的岁月里，怎样去享受生命，去开拓自我，实现自我。如果说当年在学校，好成绩的获得，主要是靠聪明的话，那么，走出了校门融入社会之后，要成就卓越非凡的自我，靠的则是一个人的信仰和智慧了。

聪明是比出来的，一个"比"字中，那两把锋芒毕露的"匕首"不知曾伤了多少人的心灵！而智慧则是圆柔的，是从人们内在的意识之树上开出的悟觉之花，这花朵又让我们的生命透着芬芳和美韵。

一个人若拥有了道的信仰和智慧，他就会深切地懂得，自己不过是茫茫宇宙里一粒参与了轮回的种子，本来就微不足道，还幼稚地和他人比什么聪明呢？我们只需依道而行，顺道而为，在尽情地享受阳光雨露的泽润之时，努力地伸展开自己的枝叶，绽放自己美丽的花朵，奉献自己馨香的果实，不是为了炫耀，而是为了获得属于自己的那份心安和幸福！

道，让我在凝望天空之时，知道了自己灵魂的归所，而智慧，则让我在大地上行走的时候，知道了怎样尽情地享受和激赏这一路的大美风光！

相励于江湖

前一段时间，独自一人骑行穿越大别山，游罢吴楚雄关的天堂寨，又登峰擎日月的天柱山，我的骑行交响曲，在奏完了这两个高潮乐章的主旋律之后就要落下帷幕了。回程的路上途经省城，本不想打扰任何人，然而，愈是接近省城，便愈是想见一个人。在距省城还有百十华里的时候，再也禁不住浓浓思念的撩拨，于是，便给一个在我心中特别珍

视的手机号码发了一条短信："我骑行大别山已十余天，今晚六点左右经过合肥。"

这是一个静悄悄地躺在我手机里已许多年的号码，我虽然很少用这个号拨响对方的手机，但是，我知道，这个号码会永远地为我而留。果然，一个多小时后，我收到了短信："住处已给你安排好，某某路某某大酒店某某房间。到后，打我手机，一起吃晚饭。"

对于心灵相契的两个人来说，一切寒暄都是多余的，曾经的岁月，曾经的情愫，会像窖藏于心窟里的陈年老酒，愈久愈醇浓香醪，愈让人回味无穷……

他就是我中学时代的同学，如今已在省城任要职、且公务繁忙的李君。那时，我们在班里坐前后位，因为对文学书籍有着共同爱好，便有了交换书读的岁月，特别是对书中英雄和伟人的崇敬与向往，更拉近了两颗燃烧的少年之心。在这心跳的节律中，一曲相互敬慕的友情之歌，也在悄然地奏响……

一个月明风清的夏夜，我们漫步在距他家门前不远的一条河边，谈论着一本书中几个英雄少年可歌可泣的悲壮命运，突然，李君说："如果你成了元帅，我一定做你麾下的将军，和你一起打天下！"听他这么一说，我激动得半天没说出话来，因为从他的话里，我感受到了他的胸中，也和我一样燃烧着渴望在未来的岁月里成就卓越自我的梦想！这梦，就在这一刻，成了我俩心中无言的默契：不管人生的际遇充满了多少变数，亦不管生命的岁月如何流逝，都要让她引领着我们心灵追求的方向！

然而，天有不测风云，他的父亲不幸摔成了骨折，母亲本来就身体不好，弟妹们又小，于是，父母都给他压力，想让他下学回家种地。我知道，他的心在流血，但他是个孝子，又不肯违拗父母……有一天，我来到他家，对他父母慷慨陈词："让他回家种那几亩薄地，一时虽能得到一点好处，但永远也改变不了他和你们全家贫穷的命运，只有让他考上大学，他才能以自己的腾飞，给全家人的命运带来转机。他的学习成绩这么突出，你二老就再辛苦几年，给他一个实现自我的机会吧！"他的母亲哭了，从此，再没提让他下学的事。

后来，我们都考上了大学，从此相别于江湖，但我们的心灵都永远因少年时代的那个梦而联系在了一起。人生的路总是充满艰辛和坎坷，但是，我们都一直在书信中相互激励着对方。大学毕业后，我在文学追求的道路上走得有些艰涩，而他走的路子似乎比我顺利一些，他考上了研究生，后来，又成了他那个行业里的佼佼者，掌握了当时世界上最先进的理论和技术，并一步步走上了领导者的岗位……

飞滚的车轮，带着我越是接近省城，便越是有些按捺不住心情激动……我想：人们的友情，一定需要依托一种纯净的精神，才能在物欲的世界里一直保持着诗意的纯净。有了这样的友情，不管相距多么遥远，他们都将永远地相励于江湖，因为这样的友情本身，就体现着他们自身的一种价值！我和李君之间，并没有发生什么感天动地的大事，但是，就是凭着这样的友情，在漫漫的生命岁月里，我们都为对方的心灵里注入着积极向上的能量，都在相互提醒着永不在世俗的红尘里沉沦，永远都要驾驭着自己的理想之舟，彼此呼应着、义无反顾地向前，向前……

第四辑

心情如诗

和

　　"和"虽只一个字，却道尽了宇宙之间万事万物同兴共荣的真谛，揭示了天地造化森罗万象同存共生的奥秘，展现了生命繁衍进化万世不绝的本质。老子站在哲学家的高度上说："万物的繁荣兴旺，全在于阴阳的相和相谐。"孔子站在人文的平台上说道："中庸之道可以达到忠恕，忠恕行则仁德昌，仁德昌则天地和，天地和则万物兴。"孟子站在政治的角度上说："天时不如地利，地利不如人和。"可见一个"和"字，正是万川所归之大海，正是万物所依之根本，正是万民所寄之愿望啊。

　　"和"虽只一个字，却透着阳光的明丽，饱含着慰心的温馨，浸润着融融的春意，呈现着一丝丝禅悟的韵味。她像一支横贯古今旋律曼妙的歌，每每唱起都能让人感悟到她绵绵不尽的新意。她像一首回荡在人们心灵深处纯美的诗，无论何时颂起都能让人感受到她悠然不绝的神韵。她又像一部穿越时空的厚重的史书，她的每一页无不记录着：若以和为贵，则福乐天人共享；若以和为美，则阴阳谐调不乱；若以和为善，则人心自然顺畅；若以和为真，则人间必定康乐安泰；若以和为战，则四海一定将铸剑为犁、全球一片歌舞升平。正所谓：和则双赢，斗则俱伤；和是天堂路，争是地狱门啊！

　　民以食为天，讲究的是五味调和；人有七情六欲，讲究的是心平气和。琴有数弦，讲究的是音律和谐；户有百口，讲究的是家和财旺。邻里之间，讲究的是和睦相处；同窗读书，讲究的是和勉共进；朋友来往，讲

究的是情趣相和。夫妻度日，讲究的是和如琴瑟；患难之交，讲究的是和衷共济。与人共事，讲究的是诚敬谦和；陌路相逢，讲究的是和悦以敬。为人师长，讲究的是慈祥和蔼；身为晚辈，讲究的是恭谨和顺。为贾为商，讲究的是和气生财；为官为宦，讲究的是心胸平和。为家为国，讲究的是以和为天；为政为治，讲究的是宽猛中和。君子之道，讲究的是和而不同；韬晦之旨，讲究的是和光同尘。

将相和，则强敌不敢窥伺；民心和，则兵劲城固；上下和，则国昌民富；同事和，则事业日炽；师生和，则教学相长；兄弟和，则黄土生金；夫妻和，则快乐百年；父子和，则家道不落；家族和，则祥瑞千世；乡党和，则息讼罢争；民族和，则万民乐奏；国家和，则兴旺强盛。

中气和，则百病不生；心境和，则悠然自乐；情与理和，则神安魄畅；志与趣和，则宏图可展；愿与运和，则事事顺达；爱与情和，则并蒂花开；心与身和，则遗憾自少；人与天和，则谋事可成；学与识和，则智慧灵光；气与度和，则旷达自安；神与魂和，则怡然自适；追与求和，则梦想成真。

"和"虽只一个字，但却意蕴充盈、内涵丰富啊！

成功的底蕴

许多人都知道，新西兰的埃德蒙·希拉里，是全世界成功登上珠峰之顶的第一人，但是，却很少有人知道童年和少年时代的希拉里，竟是一个瘦骨嶙峋、虚弱不堪且内心充满自卑感的小家伙。一走进中学，他就被直接分到了学校中一个"需要特别照顾"的特殊班里，这些体能极差的孩子被同学们讥诮为"怪胎"。

在希拉里16岁那年的冬天，学校组织了一次远足活动。他和同学们一起来到了远离家乡的国家公园，他第一次看到了被茫茫白雪装点的冰清玉洁的美妙世界。他们在那里待的10天里，他一直都兴致高昂，激情澎湃，每天都忘情地投入到爬山和滑雪之中。从此以后，他竟然一发而不可收地迷上了登山。只要是一有时间，他便会拉上一帮朋友去周围的山区行走和露营。随着年龄的增长，经常爬山和攀岩，竟让他成了一个比其他人都更强壮和精力更充沛的小伙子。

1939年二战爆发，20岁的希拉里申请加入了空军，在受训的间隙，他和朋友做了一次短暂的阿尔卑斯山之旅。在他们入住的酒店里住着一些登山爱好者，他们的登峰经历竟让希拉里兴奋得不能自己。第二天一早，他就只身前往阿尔卑斯山的奥利弗峰。站在峰巅，极目楚天，一个渴望有一天去攀登珠峰的念头突然从心中涌起，从此这念头便像一粒发芽的种子深深地在他的胸中扎下了根。

从空军退役后，希拉里加入了新西兰阿尔卑斯俱乐部。他知道，珠峰对于他来说还只是一个遥远的梦想，他必须为实现自己的这一梦想而充分地做好所有的准备工作。成功并非只靠运气或天助，实力才是最终决定的因素。他在不同的季节里一次次地去攀登阿尔卑斯山的诸峰，并不断地练习攀岩和攀冰。

为了更好地了解和适应珠峰，希拉里在1951年便来到了珠峰之下夏尔巴人居住的地方，并在夏尔巴人向导丹增的帮助下，一次次地冲击着那里的一座座6000米以上的雪峰，在这些雪峰中，有好几座的海拔都在8000米以上……

1953年，希拉里申请加入英国的珠峰探险队，并极力地说服了英国人也让丹增成了登山队的一员。经过了40多天的准备工作之后，人类第14次冲顶珠峰的行动于5月26日开始了。经过了3天的生死考验和艰难攀登，5

月29日上午11点30分，希拉里和丹增两人双双登上峰顶，人类的脚印终于第一次留在了珠峰之巅！在积累了14年丰厚的登山经验之后，34岁的希拉里终于梦想成真！他在20岁时播入心灵的种子，在经过了许多年辛勤的培育之后，开出了最美丽的花朵，结出了最香甜的果实。有一次在接受记者采访时，他激动地说："比起前13次冲顶珠峰的登山者来说我是幸运的，但是，即使我也和他们的命运一样，我也绝不会为自己这些年的付出而有半点的后悔，因为只有那些有底蕴的登山者，他们才有冲向珠峰之巅的勇气和实力！"

庄子说："水不深，托大舟则无力。"水，底蕴也；舟，梦想也。底蕴不深厚，怎能载动通往成功的航船呢？

踢"国王"的心理

英国国王爱德华八世未登基前，在他还是一个十多岁的小王子的时候，曾被送到一所海军军官学校读书。有一天，一位海军军官巡察时，发现这位小王子正伏床哭泣。这位军官上前问他为什么哭，开始的时候他什么也不肯说，后来迫不得已，才说出有几个军校的同学竟无端地轮流踢他的屁股……

海军军官就把这几个学生召集过来，对他们说："尽管小王子并没有主动告状，但我依然想知道你们为什么要这样虐待王子。"

这些学生都木头人似的站在那里一言不发，直到军官声言不说真话就开除他们时，他们才承认说，许多年后，等小王子继承了皇位，他们也差不多都成了皇家海军的指挥官或舰长，他们只希望到那时候能自豪地告诉大家，他们曾经踢过国王的屁股。

这位海军军官被他们踢王子的"理由"弄得哭笑不得，只得训斥他们以后不得再这样胡闹。

其实，像这种"踢国王"的心理，差不多每个人都或多或少地有一点，只不过我们没有王子的这几个同学这么幸运而已，因为我们想踢的"王子"并不在自己的身边。但是，我们每个人都有第三只"无影脚"，也可以在我们认识或不认识的"王子们"的屁股上痛快淋漓地猛踢一顿。

在美国有一个鞋匠的儿子，叫罗勃·郝金斯，是一个非常有理想和毅力的年轻人，自小便立志要成为一个超越父辈、学有所成的卓越之人。虽然家里很穷，但他并不气馁，而是一边打工一边读书。他做过伐木工人、当过家庭教师、做过营业员和销售员等，他以卓绝的斗志和力量读完了耶鲁大学，并成了一个出类拔萃的学者和作家。30岁那年，他被任命为芝加哥大学的校长。然而，没想这一纸任命竟引起了轩然大波。许多人在报纸上开始大肆攻击和批评他，说像他这样出身的人怎配做这样一所著名大学的校长？许多人都在挖空心思地寻找一切佐证，来证明他没有资格接受这一荣耀；甚至一些教育界的老前辈，也攻击他教育思想不成熟，教育观念陈旧，缺乏经验，他做校长，只能将这所大学引向歧途等。可以说还没走马上任，他便已被攻击得体无完肤了。而后来的实践完全证明了他是一位非常出色的校长和卓越的教育家。

在他上任的那一天，有一个人对郝金斯的父亲说："不知你注意到了没有，这几天各大报刊对你儿子攻击的言论，我都看得胆战心惊，不知你这做父亲的有何感想？"

郝金斯的父亲笑了笑说："谁不梦想着能在猛虎的屁股上踢上几脚，以展示自己的伟大和聪明！踢一只死狗有什么意义呢？看了这些报纸，我暗自高兴，因为我的儿子就是这只人人都想踢的猛虎啊！"是啊，有资格炫耀自己曾踢过猛虎的人，那将是何等的让人兴奋和快乐啊！

是啊，不管是踢"国王"，还是踢"猛虎"，总之，被踢的肯定都是那些比自己卓越和优秀的人物，谁会愚蠢到去砸一棵没有果实挂在枝头上的树呢？

但是，一个伟大的政治家曾说过这样的话："不公正的批评和恶意的攻击，其实，那是一种更有效的恭维和赞美，它往往能将一个人抬高到正面的褒扬所达不到的地步，送给他正面的宣传所得不到的荣耀。"我的朋友，如果在现实生活中，你不幸被"踢"了，那么，你的心里还不该暗自得意吗？

别歌铮铮唱

"再见，我的朋友！"——当我们将要说这句话时，常常是话未出口心已酸，因为分别就在眼前……

当江淹写下"黯然销魂者，惟别而心矣"的时候，分别在他的笔下被渲染得凄凄惨惨、心死神绝；当王维吟出"劝君更尽一杯酒，西出阳关无故人"的时候，离别后的岁月让人觉得比了无生机的大漠还要荒凉。

其实，当我们挥手说"再见"的时候，我们的心中还应该升起一种"长风破浪会有时，直挂云帆济沧海"的豪放情感，因为依恋的诗和思念的歌已经奏起了最感人心魂的序曲。

当如霞似锦的花朵向春天说再见的时候，那花蕊中孕育的果实便开始了它那走向成熟的漫长过程；当种子向贮仓说再见并走进大地怀抱的时候，它便开始了一段从希望到收获的岁月……

当我们挥泪与父母说再见时，我们知道：自己已经是一颗成熟的种子，到了必须走出父母的庇护，去独立创造属于自己的那片生机盎然的世界的时候了——尽管父母为了儿女不怕倾尽所有，但是，在父母的怀里我们将永远是一个长不大的孩子。回报父母的最好方式就是超越他们，去创造他们当年未曾创造的业绩，去实现他们当年未曾实现的梦想……

当朋友松开了紧拉的手，说声再见踏上征程的时候，我们知道：他是到远方去寻找自己曾经失落在那里的梦想，去寻找实现自己生命价值和人生辉煌的机会。他像一艘航海，正在告别他依偎的港湾，他要穿越大海苍茫的空间，去经受惊涛骇浪的体验，在未来的岁月里去创作自己的故事——因为人生的经历如果苍白如纸，与朋友再见时，心里就不会安然！

所以，"再见"应是一支祝福的歌："踏破天涯路，长风报平安；前程似锦绣，功成把家还！"

所以，"再见"应是一杯壮魂的酒："长剑磨砺已十年，今日别君去阵前；峰未出鞘敌已寒，挥落星月傲云天！"

再见，我的朋友——

是雄鹰，你就勇敢地去寻找属于自己的蓝天；

是猛虎，你就大胆地去征服属于自己的山峦；

是蛟龙，你就无所畏惧地去开拓属于自己的海洋……

表达

表达的冲动，无时无刻不像大海的波浪一样撞击着我们每个人的心灵；表达的冲动，无时无刻不像暴涨的江水一样随时都准备着决堤而出；表达的冲动，无时无刻不像挂在我们心中的一串等待着风儿掠过的风铃……

表达让生命充满激情和活力；表达让我们内在的智慧得以展现；表达使这个世界认识了我们独特的魅力；表达使我们理解了他人的内心和价值；表达让人生一步步走向了完美……

政治家通过动人的演讲，表达了自己与人民和祖国的息息相关的思想，从而赢得人们的支持，实现自己伟大的抱负和理想。

音乐家通过优美的旋律，表达了自己对生活的热爱和对命运的思索，表达了自己的灵魂与自然之母的亲切私语。

作家和诗人通过燃烧的文字，表达了自己对人生上下求索的灵魂，表达了自己对民族和家乡的热爱，表达了对人类的关心。

美术家通过色彩和线条，表达了自己对生命和自然之美的独特的体验，表达了自己在人生的岁月里对美好生活的向往……

表达有时像月光下潺潺的流水，悄悄地流进我们所爱之人心灵的原野，滋润着那里无数幸福快乐的花朵永远绽放。

表达有时像一支在我们的心弦上奏响的歌谣，她常常会在另一个心灵的琴弦上共鸣，这唱和的音符之鸟能超越时空和地域的樊笼，为心灵之约搭起一座座"鹊桥"。

表达有时像一首诗，诗行里渗透了我们对未来的希望和梦想，渗透了我们的意志和决心，渗透了我们对生活的体验和感悟。

表达有时也会像疾风狂飙，把犹豫、徘徊、怯懦、悲观、妒忌、绝望和愤世的乌云吹散，还我们理性天空阳光灿烂的晴朗……

当年，被选为英国第一任女首相的撒切尔夫人，在唐宁街首次的演讲中说道："哪里出现了冲突，我们就要给那里带来和谐；哪里出现了谬误，我们就要给那里传播真理；哪里出现了疑虑，我们就要给那里鼓起信心；哪里有了绝望情绪，我们就要给那里带来希望……"这时，只见这个"铁娘子"竟被自己的话感动得泪流满面，就在她拭泪的那一刻，广场上爆发出了长时间雷鸣般的掌声，因为人们理解了她的演说和泪水所表达的，恰恰不是一个女人的软弱，而是她的智慧和对信念的执着，表达了"铁娘子"并非也是一副铁石心肠。

正是表达的冲动，使司马迁忍受着屈辱创作了"无韵之离骚"的《史记》，使田汉和聂耳在中华民族的危难关头共同创作了《义勇军进行曲》，使贝多芬在耳聋的情况下创作了《命运交响曲》，使达·芬奇等艺术家共创了灿烂的文艺复兴……表达的冲动，使人类共同创造了世界文明的辉煌！

给自己创造更好的表达自我的方式、方法和机会吧，因为每个人都是人类美好生活和伟大功业的创造者！

成功

成功不是一个终结，而是一个开拓的过程。

成功也不是坐享曾经获得的某种荣耀，而是生命中永不止息的某种渴望创造的冲动。

追求者说："成功就是最大限度地做自己，过自己想过的生活。不是为了拿什么第一和大奖，而是不断努力，把自己优秀的一面能得到最好的展示。"这也是任何一个人走向成功所必备的心理素质。

成功学家说："成功就是不断地扩大自己在理想之国里的自由度。"这可以说就是成功的本质。

开拓虽无止境，但成功却又可算得上是无处不在。譬如，对于一个作者——一个渴望在未来的岁月里成为伟大文学家的作者来说，那每一篇能够展示在读者面前的文章都可算得上一次奋斗的成功，而每一次这样的成

功又都只能算是一个个小小的阶梯，让他缩小一段与理想之国的距离……因此，种子带来果实，成功给梦想之帆带来顺风。

一个曾被人们认为是非常成功的登山者，当他再一次准备出征的时候，有人对他说："你已经成功地征服了至今还只有你才登上的那座山峰，获得了那么多的荣耀，为什么还要再去冒险？"登山者说："世界如此之大，在登山者的心里，哪能只有那一座山峰？被征服的任何一座山峰，都只能是一个新的起点啊！"这个登山者，才最理解成功的内涵啊。

一个渴望成功的人，首先需要培养的是自己的成功品质，炽热的梦想、乐观向上、积极进取、意志坚韧、胸襟宽广、志趣高远、从容大度、永不绝望……这些成功的品质并非天生自成，而是学来悟得，百炼成钢。

一个具有成功品质的人，即使他身处绝境，心中亦能怀着"冬天来了，春天还会远吗"的乐观；一个具有成功品质的人，即使他位极人臣或至尊，他想到的也不全是"大风起兮云飞扬，威加四海兮回故乡"，更重要的他思虑的是："安得猛士兮守四方？"他明白的是："水能载舟，亦能覆舟"的真理；一个具有成功品质的人，他不会将眼下自己的某种失败和地位的卑贱，当成一生都无法挣脱的锁链而自暴自弃，亦不会将已获得的某种荣耀或地位，当成金笼囚禁自己本来应该是自由的灵魂！

有一次，有人问饭店大王唐纳德·希尔顿："你建立了如此庞大的饭店帝国，在我们看来你已达到了成功的峰巅，你能告诉我们，你将怎样看待自己的未来吗？"希尔顿响亮地回答："成功永无止境，男子汉要一往无前！"

是啊，成功无止境，追求者要一往无前！

追求卓越的人生

　　机遇往往是为一个人实现梦想和人生辉煌而打开的一扇大门，她为一个人挥洒自己的才华和智慧提供了用武之地，任何一个人生卓越的追求者，谁不是在内心深处期盼和祈祷着她的到来？然而，出生在英国的34岁的西蒙·拉特尔，却让人不解地拒绝了一次这样的机遇。

　　1989年，世界著名的指挥家赫伯特·冯·卡拉扬突然逝世，柏林爱乐乐团——这个世界上最著名的交响乐团之一，在一夜之间失去了自己的当家人。卡拉扬逝世后，他们匆匆地物色了英国的指挥家西蒙·拉特尔。当拉特尔在电话里听到自己将接替巨人卡拉扬的消息时，既激动又惊愕，这可是全世界的人们都盯着的一个位置啊！然而，经过深思熟虑之后，他还是拒绝了这一邀请，放弃了成为世界第一指挥的荣耀，他回答说："柏林爱乐乐团以出色的演奏古典音乐而闻名于世，而我对于古典音乐这门神圣艺术的理解还不够透彻，自己也太年轻。"对于他放弃柏林爱乐乐团首席指挥宝座的举动，有人敬佩，但也有人说他怯懦，扶不上台面，丢英国人的脸。对于许多人的误解，他只是付之一笑。

　　"宝剑锋从磨砺出，梅花香自苦寒来。"经过了10年奋斗，拉特尔终于成了世界指挥中的佼佼者，在这10年里，他收到了来自世界各地的邀请函，不管条件是多么优厚，他都不为之所动，每天都沉浸在自己的音乐之中，用他那舞动的指挥棒赋予每个音符以神奇的魅力。他以自己对古典音乐不懈的追求和卓越的理解，以炉火纯青的技艺和表现才能，再一次倾倒

了全世界，也同样征服了柏林爱乐乐团。当卡拉扬的继任者克劳迪奥·阿巴多光荣退休之后，1999年6月，柏林爱乐乐团经过慎重的选择之后，再一次向他发出了邀请，这一次他没有任何犹豫就下定了最后的决心，他对自己胜任世界上最优秀的交响乐团之一的柏林爱乐乐团的指挥充满自信。

然而，就在此时，当英国知道自己最优秀的指挥家拉特尔将离开英伦三岛，去做柏林爱乐乐团首席指挥的时候，全国的舆论竟倒向一边，他的离去竟使全国陷入一片痛惜和沮丧之中，英国各大报纸纷纷发出感叹："这个国家正面临着沉重的打击！""拉特尔这个也许是国家培养出来的最杰出的指挥家，就要远走高飞了。"各界人士纷纷出来挽留，甚至国家的一些高层人士都给他许下许多优厚的待遇，并许下为他在全国的范围内组建一支最好的演奏队伍的诺言。然而，这一切都是徒劳的，拉特尔自有他自己的见识："音乐是表现人类最高智慧和心灵梦想的艺术，这艺术属于全人类，只有世界上最优秀的演奏家，才能最淋漓尽致地展现音乐创作者的灵魂。柏林爱乐乐团，犹如行驶在近代音乐史海洋中的一艘最了不起的巨轮，只有成为这艘巨轮的船长，我才能让自己的才华更酣畅地得以展示，才能让自己真正地走进卓越的指挥者的行列！"

在全国的一片叹息声中，拉特尔登上了世界指挥家第一把交椅的宝座。几年来，他正以自己充满智慧的头脑，大胆而又游刃有余地诠释着古典音乐中冗长的作品，并创造着音乐史上一个又一个的辉煌。他让自己的灵魂和音乐与柏林爱乐乐团融为了一体。如今正站在指挥之巅的拉特尔，他并不仅仅只是柏林爱乐乐团的骄傲，也同样是英国的骄傲，是全世界的骄傲。英国人最后不得不承认：西蒙·拉特尔的两次选择，都是聪明的。

人们常说：机遇总是光顾有准备的人。然而，在自己的准备还不是太充足的时候，拉特尔却谢绝了这个机遇，因为他知道自己的才能还不足以驾驭一艘巨轮的时候，为了一时的虚荣而担任船长，这无异于是把它引向死亡之海；当他觉得自己已是一个成熟的领航者的时候，这样的机遇再一次降临，他便毫不犹豫地迎上前去，不管人们会如何理解他的选择，但他却坚信：世界上最卓越的交响乐团，也同样需要世界上最卓越的指挥！

配置心灵的平衡

机场在每架飞机起飞前，都有一件非常重要的程序要完成，那就是要给飞机做好配平的工作，也就是当人坐好之后，要适当调整行李的位置，以使飞机处于最佳平衡状态，这样才能保证飞机在起落和运行全过程的平稳和安全。去年，国外某机场的飞机在起飞时冲出跑道，经过调查后证明正是由于配平师操作失误而酿成的恶果。

我们每个人的心灵，其实就像是一架需要常常为其配置平衡的飞机，才能保证它飞行的平稳和安全。失衡的心灵，往往就像那冰雪覆压的松树，那不堪重负低垂的枝丫常常在风中发出阵阵呻吟。

我们活在这个世界上，如果你渴望活得越来越好的话，那么你要做的首先不是让这个世界适应你，而必须是让自己适应这个世界。你愈是能适应这个世界，愈是能将自己融入这个世界之中，你就愈将感受到生活的幸福和快乐，感受到生命的和谐与美妙，就如飞机的配平正是为了适应空阔的天空一样。

每个人的内心深处虽然都有自己的梦想和热爱的事业，但是，我们所从事的工作却往往与之相差甚远。在这种梦想与现实的冲突中，许多人的内心常常失去平衡，从而让自己像冲出跑道不能起航的飞机一样，总是陷于痛苦的泥淖之中不能自拔。此时，你就需要一份责任心来配置自己心灵

的平衡，努力干好工作，才是你的这个平衡点，因为在岁月的河流里，你只有在有了"生存的舟楫"之后，才能扬起驶向梦想远方的风帆。

在人生的追求中，我们的心灵往往会因为别人的能力和业绩比自己强而妒火中烧，痛苦不堪；也常常因自己生活在他人成功的阴影中而心中愤愤不平。这痛苦和不平，除了增加你的不幸之外，并不能给你带来什么益处。此时，你所需要的是道家"不争"与"无为"的智慧和不断对自我的超越，来调整自己心灵的平衡，抛掉了嫉妒、愤恨和恼怒的包袱，你在自己进取的航行中便会飞得更快更稳更轻松。

在做人与处世、生活和工作中，我们常常会被别人误解、讥讽、打击或受到不公平的待遇，一颗心如果总是像一只被别人的错误压歪了的航船，那么，说不定就会在哪一阵狂风中沉没。所以，此时你需要的是宽容和谅解来调整自己心灵的平衡，不断地学习和掌握立身处世的艺术，从而更多地找回属于你的幽默、洒脱、笑声和快乐……

人生的航程是一个充满各种变数的过程，根据变化能学会时时来配置好自己心灵的平衡，应该说是每个人应该掌握的最美妙的人生艺术，通过这门艺术，我们就能将生活的时光变成最幸福的生命享受。

灵魂的根

当我年轻得还像一颗酸涩的青果的时候，我便开始了灵魂的寻根之旅，在广阔的精神之原上，我漫无目的地流浪着，流浪着……

在法捷耶夫那个充满英雄主义的世界中，我心灵的海面上第一次驶进了理想的巨轮，我深深地感到：一个人的生命，不论是在枪林弹雨、硝烟弥漫的战场上，还是在阳光明媚、鲜花盛开的和平岁月里，都要有像默然献身于战场的无名的英雄们那样的勇气和意志，义无反顾地为祖国、为民族去建造自己的宏业伟绩；平凡是造物发放给我们所有人作为一个新生儿进入这个美丽世界的通行证，但是，作为一个人，我们却不愿让这"平凡"二字再成为我们死后的墓志铭！

在屠格涅夫的那片蔚蓝高远而又略带点浅灰色的天空下，我痛饮了他用曼妙的语言之杯承接的自然之美的甘醇，这甘醇使我的心灵终生陶醉，使大自然里的一草一木，通过我的眼睛映射到我的心灵之后都成了一首首美妙动人的小诗。所以，只要有机会，我总是把渺小的自我不失时机地融入大自然，作为回报，我常常能感觉到造物也正悄然地把大自然中的永恒的一切融入了我的心灵中。

在黑塞的那个略带感伤的世界中，我感受到了一段如真如幻的爱情和一段刻骨铭心的友谊，我深深地感到：爱一个人，就不是努力让他成为自己的影子，而是要让他走向他自己的心灵所指引的方向，任何一个人都不可能在模仿他人或在他人的影子里找到真理。在黑塞的引导下，我看到：在我们的人生中，那愈是使我们心动神往的东西，愈是能在我们的心灵深处充满感伤的诗情。是的，没有感伤的美，不是真正的美。

在海明威的那片变幻不定的大海上，我认识了那个认为"人生来不是为了被打垮的。你可以毁灭一个人，可就是打不垮他"的老汉桑提果，不管那条被他钓上的鱼是多么有力和顽强，也不管这条鱼把他拖到了离海岸多么遥远的地方，他仍然紧紧地拉住钓绳不放，直到把它彻底征服。那老汉无疑是我们意志的化身，那条深藏在海中把他拖得筋疲力尽的大鱼，不正是现实生活中潜在的一股不断地蚕食着我们意志的力量吗？

在纪伯伦的那个开满美和善的花朵的大花园里，我流连忘返，不忍离去，在掠过花园的轻风里弥漫着诗的气息，在无数飞舞的蜂蝶的翅膀上不断地抖落着动人的音符；那每一朵花仿佛都是一个真理，那每一朵花仿佛

都在诉说着一个悲伤而又迷人的故事。他使我明白：诗人是人类的良心，诗句是诗人燃烧的灵魂。

……

我像一片白云，随风漂泊；我像一个陀螺，被一条无形的鞭子抽得旋转不止。终于有一天，我遇到了寻根者聂鲁达，他说："你怎么能总是像一个影子一样地漂泊？你的家园在哪里？你的根在哪里？他人园中的花再美，你也只能是一个欣赏者；他人树上的果实再甜，你也只能是一个品尝者。如果一个人只满足于做一个欣赏者或品尝者，是不是我们自己有负于造物主赐给我们的美好的生命？我的朋友，如果有一天，当你也有了自己的花可以让他人欣赏、有了自己的果可以让他人品尝的时候，你一定会感受到生命的另一番滋味的。"

聂鲁达这个寻根者把我引向了归途，我的灵魂之鸟在经过了许多年的流浪之后终于回来了。经过这许多年之后，我再也不是当年的那个像青果一样的孩子了，我已经走进了成熟的季节，我学会了不仅仅用眼睛看这个世界，也学会了用心灵来看这个世界。当我的灵魂之鸟在精神的家园里盘旋了许久之后，我才深深地感到：一个中国人，他的灵魂之父是儒，他的灵魂之母是道，不管在以后的岁月里，他采摘了异国他乡的多少鲜花和种子，吞食了多少果实，最终她们都将像冰融化在春水里一样融化在他的骨髓和血液里；不管他走得多么遥远，在他的灵魂深处永远也抹不掉儒与道的印记。这就是我的灵魂的根，也是我们每一个中国人的灵魂的根。

回归了灵魂家园的我，再也不是一个流浪者，而是成了一个耕耘者，成了一个披荆斩棘的开垦者。我的灵魂从儒之父那里接过了剑和斧，我要在我的土地上、从那荆棘之中劈出一片属于我自己的精神的花园；我的灵魂从道之母那里接过了砺石，当我的剑和斧在劈砍中钝了的时候，我都能从这砺石上重新获得剑和斧所向披靡的锋利。我渴望着有一天，在我苦苦开辟出的园中，我昔日采集的每一颗种子都将在这里开放出艳丽的鲜花，并将结出硕大甘甜的果实。

心灵需要一面镜子

　　一天去上课的时候，走过办公室里的一面镜子前，偶尔回头，发现了自己的那张因为心情沮丧、气愤而被拉长了的脸，自己感到丑陋极了，便禁不住暗自吃了一惊：我怎么能带着这样的一张脸去面对自己的学生，带着这样的心境走上讲台呢？在此之前，我曾与同事之间发生过一件非常不愉快的事情，恶劣的情绪一直像怒涛般在心海里翻腾，渴望着能找到一个发泄的决口。我知道，如果不是在镜子里偶尔看到了自己的这张笼罩着乌云的脸，说不定在班里、在同学面前就会因为非常小的事情而让自己雷霆大作呢！

　　在镜子面前，我停住了脚步，深深地吸了几口气稳定了一下情绪之后，我默默地对自己说："不要把自己灰暗的心境带给别人，课堂需要的是明朗和欢快。让自己笑起来吧，笑起来吧！"我先是勉强地提了提脸上的笑肌，接着，微笑从脸上开始慢慢地延伸到了心里，心海也渐渐地平静了下来，阳光也取代了乌云。此时，我才感受到只有这样才真正像一个教师的样子。透过镜子，看到了自己挂着笑意的脸，心里才对自己满意地向教室走去……

　　以后，每次去上课走到镜子前的时候我都要看看自己，看看笑意是不是挂在了脸上，这已经成了我的一种习惯。然而不幸的是有一天，我们同办公室的一个教师在搬桌子的时候，不小心把镜子碰碎了，可是，每当我

上课走过曾经挂过镜子的那面墙壁的时候，我仍然还会习惯性地在那里停顿一下，对着那面墙壁会心地微微一笑。这使我深深地感悟到：墙上的那面镜子虽然没有了，可是它并没有消失，而是完完整整地保存在了我的心灵深处，因为它已使我深深懂得：脸上的微笑，就是从心灵的枝上开的花朵，就是从心灵的日头上洒下的阳光……

写到这里，我突然想起了一个禅宗的故事：布袋和尚曾是一个寺中的化缘僧人，他的名字也正是因为他总是肩上背个化缘的布袋的缘故。他得道后，每天都是大笑不止，他走到哪里，就把笑声带到了哪里，所以，隔一段时间见不到他，人们就会想念他。而每当他来的时候，就会有许多人问他："你为什么总是笑啊？"听到问话后，他会笑得更厉害，更响亮，人们也就会跟着他笑得更加开心。他总是在笑，而人们又总是在问："你为什么总是笑啊？"直到他死后许多年，人们还在相互问这个问题。

后来有一个哲人听说了布袋和尚的故事和这个问题，经过一番沉思后他的心里突然开悟：布袋和尚不正是在让自己的脸成为大家心灵的一面镜子，让大家的心灵也开心地笑起来吗？他说："任何一个人的笑脸都可以成为我们心灵的一面镜子，当你面对一张笑脸的时候，你的心灵里也一定会绽开一枝笑的花朵。"

让我们每个人的心灵里都有一面可以随时照见自己的脸的镜子吧，不要让自己心里的愁丝、阴郁、愤怒、仇恨等不良的情绪挂上自己的脸吧，以防让她变得丑陋不堪。只有我们自己在这面镜子前不断地修正自己的面容，我们才能让别人从自己的脸上看到我们心灵深处荡漾的春风，看到我们心灵深处的平静、自信、友善和从容。这样的人生，岂不是更充满生命的真趣？

修养——你生命的品牌

有句话说得好："父母给了你生命，可生命的品牌却需要你自己来打造！"那么，最能展示你生命品牌的是什么？是你的修养！

耶鲁大学有一个叫约瑟夫的教授，就常常给自己的学生讲这样的一个故事：有一次，他带着应届毕业生22人，到华盛顿的白宫某军事实验室里参观。约瑟夫之所以带自己的学生到这里来，是因为他与实验室的主任胡里奥是老同学。然而，这群学生自觉是名牌大学里的学生，一个个都是脸上挂着傲气。在会议室里等胡里奥的时候，秘书给大家倒水，许多同学吵着这里的水真难喝，有的说："这么热的天，应该上冰水才对。"有的说："应该来点黑咖啡。"秘书很难为情地说："我们这里没有。"在这些学生中，只有一个叫比尔的学生，当秘书倒水的时候，他轻声对秘书说："谢谢，大热天的，辛苦了。"秘书抬头看了他一眼，眼里多少有些吃惊，因为在这群挑三拣四的人群里，他终于听到了一句让自己感到欣慰的话。

一会儿，门开了，胡里奥主任走了进来向大家问好，没想到这些同学没有一个站起来应答的，也只有比尔一个站起来说："你好！"说罢，带头鼓起掌来，同时，也只有几个同学稀里哗啦地应和。弄得胡里奥主任很不好意思，他的老同学约瑟夫教授也感到脸上无光。

这时，秘书拿来一些介绍资料递给了胡里奥。胡里奥亲自走过来把资料送到学生手里，同学们也都坐在那里，用一只手很随意地接过来，让

胡里奥从心里感到：同学们好像觉得发这些资料是可有可无的事。他感到尴尬极了。当他把资料最后一个发给比尔的时候，比尔非常有礼貌地站起来，身体微倾，双手握住手册恭敬地说了一声："谢谢你！"

胡里奥闻听此言，不觉眼前一亮，伸手拍了拍比尔的肩膀："你叫什么名字？"比尔照实作答，胡里奥很快乐地回到自己的座位上。

两个月后，在毕业去向表上，比尔的去向栏里赫然写着该军事实验室。其他同学感到不服气，找到导师问："这是怎么回事？比尔的学习成绩不如我们，凭什么选他去而没选我们？"

导师并没有多解释什么，笑着说："是人家点名要的啊！其实你们的机会是完全一样的，你们的成绩甚至比比尔还要好，但是，除了学习之外，你们需要学的东西太多了，最重要的是要上好修养这一课啊！"

是啊，除了学习和工作之外，我们不是都要上好修养这一课吗？比尔之所以能在众多学生中被别人发现，靠的也正是自己用修养为自己打造的闪光的品牌啊！

一个没有修养的人，不管他自觉自己是多么优秀，然而，他注定是一个处处都不受欢迎的人。而一个有修养的人，他会靠自己做事的得体和对他人的尊重，来赢得别人对自己的崇敬。这将是比世界上任何商品都更有价值的品牌啊！

心情如诗

诗意的美丽和曼妙，并非只存在于有形的文字之中，其实，她在我们心灵的原野上绽开着更加迷人的花朵，闪耀着更加绚丽的色彩，让我们常常陶醉在她的馨香里，陶醉在她如霞似锦的灿烂里，陶醉在她如月明星辉般的梦幻里……

心情如诗，是因为我们常常能感受到：生命如花，我们能不断地感受到其美艳；生命似果，我们能不断地感受到其甘甜；生命如风，我们能不断地感受到其自由；生命似云，我们能不断地感受到其舒展；生命如水，我们能不断地感受到其变幻；生命似山，我们能不断地感受其巍然……

心情如诗，是因为我们常常能感受到：生命如琴，我们能够不断地在琴弦上，奏出我们的梦幻曲；生命似舟，在生活河流里，我们能不断地欣赏到两岸旖旎的风光。

心情如诗，是因为：我们能从看到的每一片树叶上，读懂生命曾经挥洒过的激情和浪漫；我们能从自己踏过的每一块石头上，洞悉大地曾经有过的沧桑；我们能从一枝芦苇中，听到岁月曾经有过的歌唱；我们能从一颗珍珠上，看到蔚蓝的大海曾经对它的浸润；我们能从一粒雪花上，看到遥远北方的那片冰清玉洁的苍茫……

心情如诗，是因为：我们能从亲情中，常常感受到一种无微不至的关怀，感受到自己还像一个被人呵护的孩子；我们能从友情中，常常感受那种高山流水遇知音的快乐，感受到这山歌来那山和的美妙；我们能从爱情中，常常感受到心灵的燃烧，感受到自己像一支风笛，被我们的爱人吹出一支支幸福的歌谣。

心情如诗，是因为我们常常能感受到：我们的事业，正是我们生命艺术的具体体现，所以，我们总是在借助梦想的色彩为她着色，借助宗教般的虔诚之刀把她雕刻得玲珑剔透，借助胸中的激情之火煅制着她的辉煌。人生的追求，常常让我们的灵魂游弋在诗意的海洋里，漫步在音乐的花丛中。

心情如诗，是因为：当我们在读书的时候，我们能感受到自己的灵魂

与智者或哲人的对话，我们的质疑，常常让他们陷入又一次的深思，我们的困惑，常常引来他们慷慨激昂的演说，我们的觉悟，常常让他们露出孩子般纯真的微笑。书籍常常像中世纪的古老马车，载着我们的灵魂，在知识的原野上穿行。

心情如诗，是因为：当我们背着行囊走在青山中的时候，我们常常能把映入我们眼帘的座座山峰和无限的风光，融入我们的心灵，把它们变成我们精神世界中的一道道美丽的风景，氤氲成我们心灵中的一行行优美的诗句。我们的自然之母，无时无刻不是在努力着把她的儿女们，都培养成一个个抒情的诗人……

如诗的心情，就写在我们的脸上，那灿烂的笑容，就是我们的心情创作的最美的诗章。一个哲人曾说过："即使是在最难堪的时候，是在最艰难的时刻，哪怕是面临死亡威胁，只要你还能笑，还能歌，还能说出幽默的俏皮话，还能吹出轻松的口哨，那么，你就是一个心情永远如诗的人，一个永远都对美好的东西充满向往的人，一个永远都会有希望的人！"

心情如诗，是因为你悟透了生命中深藏的本质之美，悟透了生活即快乐的禅机！

享受生活

我相信每一粒种子，都是在享受着阳光雨露的滋润中追求着自己的果实；

我相信每一只雄鹰，都是在享受着云天万里的空阔中练就了自己的一双有力的翅膀；

我相信我们每一个人，都是在享受着美妙多彩的生活中正一步步把梦想变成人生的辉煌……

著名的作家梭罗总是这样对自己说："如果没有出生在世，我就无法听到踩在脚底的雪发出的咯吱声，无法闻到木材燃烧的香味，也无法看到人们眼中爱的光芒，更不可能享受到因为自己的奋斗而带来的成功的快乐……能活在世间，是一件多么幸运的事啊！我为什么不尽情地享受生活中的每一天？"

生活如琴，我们可以弹奏爱的小夜曲，也可以让轻松的梦幻曲在我们的指间飘落；可以在弦上挥洒我们的浪漫和激情，也可以奏出表现我们内心渴望生命伟大的旋律；我们可以在弦上静静地抚操过去岁月里的清悠之曲，也可以在弦上创作出对未来充满期待的交响乐……

生活如歌，那开在原野里的每一朵小花，那飞舞在阳光下的每一只蝴蝶，那飘洒在夜空中的每一缕月光，那婉转在树林中的每一声鸟鸣，那绽放在人们脸上的每一丝笑容……不都是谱成这支歌的一个个迷人的音符？只要我们心中的希望还在，她每时每刻都在用这音符谱写着一首首让心灵燃烧的歌……

享受生活，并不是只享受她风花雪月的轻松，也不是只享受她诗来歌往的唱和。有时，我们也会像一棵耸立在峰顶的松树，经受那漫长冬季里风摇冰压的磨砺。如果在这样的岁月里，你还能用自己的断枝作笔，在大自然的书页上写下充满激情和灵感的生命之诗，那么，你便已悟透了生活的真谛，你便已成了一个生活的真正的享受者！

一个禅宗的大师就要死了，弟子们怕师父临走时忘了交代什么，就问道："师傅，还有什么要教导弟子的吗？"禅房里立即陷入了一片静寂，大师睁开了充满笑意的双眼，陶醉般地说："生活，多美啊！"旋即，大师的灵魂便融入了他赞美的那一刻里……

是啊，当我们也能由衷地赞叹"生活，多美啊"的时候，我们的心灵里一定是充满着明媚的阳光，回响着和谐的音乐，氤氲着诗意的灵感……是啊，只要我们的心灵之舟还漂荡在生活之海的那片蔚蓝里，她就会像摇篮般使我们的生命享受着生活中每一刻美妙的时光。

心灵，只有充满梦想和激情的心灵，才真正懂得生活的意义，才能从真正的意义上享受生活！

笑对生活

笑是绽放在我们每个人脸上的最美丽的花朵，是回荡在我们心灵深处的一支最迷人的歌；

笑是我们送给他人最能表达我们敬意的礼品，我们因此而收到的也同样是充满尊严的回报；

笑是携着春意、吹绿荒原的东风，任何坚冰都将在这暖风的轻拂下悄然融化；

萍水相逢，只要点头微微一笑，彼此就成了朋友；

竞争的对手，只要握手粲然一笑，彼此就会成为莫逆之交；

昔日的冤家对头，只要能对过去的不快一笑置之，再深的积怨也会在一刹那雾散云消……

烦恼的时候，若能哈哈一笑，心头的忧愁顿时就会化成一缕远去的清风；

失败的时候，若能不失自我地坦然而笑，你的自信之剑便会在这笑声中重新铸就，你人生的辉煌便会在这笑声中创造；

孤独的时候，若能超脱物欲之外地敞怀畅笑，寂寞的林中犹能如闲云野鹤般的独自潇洒；

不幸的时候，若能无畏地嘿嘿一笑，即使山崩于前、地绝于后，心中也一样会对生活充满希望……

面临困境的时候，若能在充满自嘲的幽默中开心一笑，人生的机智便会像降落伞一样把你从危险的高空送到安全的地面；

遭到误会的时候，若能宽容地爽朗一笑，你的襟怀和气度便会在这一笑之中像大海一样地展现；

蒙受屈辱的时候，若能沉静地一笑，你的人格和自尊并不会损伤分毫……

所以，一个哲人曾这样说过："笑是从智慧的天空中透出来的最灿烂的光芒，因为除了人类之外，还没有任何一种动物能把笑容常常挂在自己的脸上。笑是从你的内心深处那充满善和美的源泉中溅到这个世界上的浪花。笑会带来力量，现在即使医药科学也承认，笑是自然提供给人类的最基本的药物之一，如果当你病了的时候，你能笑的话，那么你便会很快地恢复健康，如果你不能笑的话，即使你是健康的，迟早也会因此而丧失掉。"

笑吧，我的朋友，如果你是一座大山，那么笑声就是回荡在大山之中的阵阵松涛；如果你是一汪大海，那么笑容就是笼罩在大海之上与天一色的蔚蓝……

高贵的心灵是不沉的方舟

像行驶在滚滚江河里的航船无法躲避浊流和漩涡一样，我们的心灵

在现实的生活里也无法躲避庸俗的缠绕；曾经有过多少燃烧着渴望卓越之火的灵魂，却在人生的岁月里被庸俗的浪花溅湿了理想的柴薪，窒息了进取的烈焰；但那些无论在任何境况下都不愿失去自己高贵心灵的追求者，却如乘着永不沉没的生命方舟扬帆前进；任凭那庸俗的浊流在舟底暴涨翻卷，也只能将那些沙尘埃土、腐枝败叶吞没。

高贵的心灵也许并不鄙视庸俗，就像高贵典雅的兰花不会鄙视善于献媚邀宠的月季，但高贵的心灵绝不会在庸俗的泥淖中沉沦。

高贵的心灵也许会在岁月里与庸俗乘坐同一班列车，就像美丽的天鹅与丑陋的野鸭，在迁徙的途中会在同一个湖泊里歇息，但细细地倾听那湖面上晚风送来的阵阵夜歌里，恐怕没有一个人会把天鹅动听的声音当成嘶哑的鸭鸣。

高贵的心灵也许会与庸俗穿着同样色彩和式样的衣服，就像同一条藤上开放的争奇斗艳的花朵，但庸俗却如那随风飘落后陷入虚空的花，而高贵的心灵却将是硕果累累。

高贵的心灵也许常常会被庸俗所嘲笑，就像不修边幅的大学者常常会受到披金戴银、一身名牌之人的鄙视一样，但高贵的心灵不会去做任何寻求庸俗的赞美的努力，而是在庸俗的嘲笑里保持着自己的清醒和独立。

高贵的心灵根植于生命的大智大慧，而庸俗却产生于愚昧无知；高贵的心灵常常感受到的是自己的卑微，因此，他总是养护好自己胸中的浩然之气以保持自己人格的完整；而庸俗却处处表现着自己的不可一世和"小聪明"……

因此，当有人拿一块硕大明洁的美玉，私下去贿赂宋国的宰相子罕时，遇到了子罕的拒绝。贿赂之人还以为子罕不识货呢，就对他说："这块玉可是经玉匠鉴定过的价值连城的稀世之宝啊！"子罕却掷地有声地答道："我以不贪为宝，而你以玉为宝，我们俩都应该各安其宝啊！"好一个"以不贪为宝",这不正体现着一个人的高贵心灵吗?在这样高贵的心灵面前,任何财宝都为之黯然!

高贵的心灵之所以高贵,正是因为它虽被庸俗所包围或缠绕,但却不会被庸俗所污染。

高贵的心灵是永不沉没的人性的方舟,任凭庸俗的流水泛滥横溢,它永远都将保持住自己的高度!

诺 言

诺言因为是向未来将成就的一件事情发出的一个信号,不管它是产生于一个人的一时的冲动,还是产生于对某种事业的永久的渴望,对许诺者来说都有一种神圣感。然而,对于许诺者以外的人来说,诺言的神圣性并不在诺言的本身,而是展现在一个人对诺言的履行中。就像一棵果树的价值并不在她如霞似锦的开放的花朵上,而是展现在她硕大无比且透着馨香的果实里。

诺言也许并不能使一个人变得伟大,但一个人的人格却会在他忠诚地履行自己的诺言中变得崇高起来。就像一座还没有破土动工的摩天大厦,当它还只是一张图纸的时候,不管得到怎样的吹嘘恐怕也没有人会真正地给它以关注,只有当它在一砖一石的增高后拔地而起,人们才会在抬头的仰望中给以由衷的赞叹。

当年,尚在少年时期的宗悫就已胸怀大志,当人问起他将来想干什么的时候,他曾说:"愿乘长风破万里浪。"假如没有他日后的努力和奋斗,没有他立马挺枪、平叛止乱的业绩,没有他运筹帷幄、定邦安国的功

勋，那么，他的诺言恐怕也早已随着他的死亡而消失了，那么，日后的王勃也不会在他的千古绝唱《滕王阁诗序》中写下"慕宗悫之长风"了。

《战国策》曾记载：魏文侯作为一国之主曾与一个看管苑囿的小吏约了日期打猎。到了那天下了大雨，魏文侯就在宫中与群臣喝酒，正喝到高兴之际，文侯突然想起了与看守苑囿小吏的期约，就准备出发。左右侍臣说："天下着雨，酒又正喝得高兴，你要到哪里去呢？"文侯说："我与看守苑囿的人约好今天去打猎，怎能因为下雨与喝酒而不去赴约呢？"他亲自走过去告诉守苑囿的小吏"今天下雨，不能打猎"的话，而魏国也就是从这个时候开始走向强盛的。这就是一个国王信守自己的诺言给国家所带来的深远的影响。

因此，谁若是游戏自己的诺言，他就是在游戏自己的人格，游戏自己的灵魂，游戏自己的人生。如果一个人把他昨天对别人的许诺，今天就当成是一句酒后的戏言或玩笑而不想兑现的话，那么他只会以此来告诉别人自己灵魂的卑贱；如果一个人把从充满梦想的少年时代就发自肺腑的对自己在未来岁月里要有所作为的许诺，到了长大成人以后反而认为是当年幼稚的表现而无意用奋斗和拼搏来兑现的话，那么，他的成熟就是他生命里最大的心死的悲哀了。

诺言是我们为自己的灵魂制作的一面渴望插到未来岁月里的理想之国的旗帜，只有举着这面旗帜默然前行的人，才会给自己带来光荣和尊严；诺言是期望的燧石在我们的心灵里撞击出的美丽的火花，这火花只有落到我们行动的干柴上她才能燃起熊熊烈火，才能铸就我们生命的辉煌和伟大！

实力

在18世纪至19世纪漫长的年代里，法国的绘画界一直是传统的学院派的天下，年轻的德拉克洛瓦按捺不住自己内心深处创作的激情和创新的欲望，从此坚定不移地开始了向学院派绘画具有挑战性的探索和创作，他以旷世的胆识和毅力，在评论家、卫道士及至芸芸众生的围剿与漫骂中，终于打出了一方浪漫主义的新天地。他以自己的气势磅礴和色彩绚烂的画风征服了法国，并划时代地受到了学院派的邀请。当这位浪漫主义之师与和他斗了大半辈子的学院派领袖安格尔在法兰西美术学院门口握手的一刹，人们无不在感慨万端之余顿悟到了一个终极真理——实力，只有实力才能让你的对手真正地承认和尊重你！

然而，一个人的实力绝不是来自空想，也不是来自对神灵的祈求和命运特别恩赐，更不是来自自我的标榜和吹嘘，而是来自默然的奋斗、不懈的追求、不断地前进和不断地创新。当一个人还只是一个中学生、还只是一个思想尚停留在对书本的理解上的年轻人的时候，不管你告诉别人自己在未来的岁月里能成就多么辉煌的业绩，也不管你告诉别人自己能成为多么重要的人物，都没有人会把你的话当真。因为此时，你还不具备成就辉煌业绩和成为伟人的实力，因为在人们的心目中能代表一个人实力的东西并不是梦想的虚无，而是梦想变成现实后的真实的存在，就像长江在它的源头并不具有能托起万吨巨轮的实力，只有当它在漫长曲折的行程中吸纳了千万条河流之后才能形成这样的现实一样。

实力，使我想到了曾经在几年前去过的神农架那连绵不断的原始大森林。森林中每一株古木都横空直指，耸干入云，各自都以自己的实力无愧于生命地享受着属于自己的那片阳光。然而，森林里那些因无力从古木间的夹缝中钻出去的新生树，都因得不到足够的阳光而在成长中渐渐地枯萎了，只有那些经过了无畏的拼搏在枝丫之间杀出了一条血路、能使自己的树冠直指云天的树木，才能最后享受到能和参天的古木一样的享受阳光的资格。是啊，当德拉克洛瓦决心在绘画艺术世界中走出一条属于自己的道路的时候，如果没有他的《自由领导人民》《希阿岛的屠杀》《阿尔及尔的妇女》《狩猎的狮子》等惊世骇俗的作品问世，试想他能得到他的老对手安格尔的尊重和邀请吗？对于一个没有实力的对手，除了得到人们把他当作堂·吉诃德式的人物来加以嘲弄和讽刺之外，还能得到什么呢？

祖国

当吉卜赛人拖着他们庞大的车队像乞丐一样在世界各地到处流浪的时候，他们受尽了世人的多少白眼、饱经了人间的多少轻蔑啊！没有一个国家会把他们当成尊贵的客人来欢迎他们的到来，也没有任何人会真正地关心他们未来的命运……这一切的一切，都是因为他们没有自己的祖国！一个没有自己祖国的民族，实际上已经成了人类的一个可悲的弃儿，他们像是一群不断地被从一片绿林驱赶到另一片绿林的鸟儿，永远都找不到自己落脚的枝头。

因此，祖国，是一个民族的根，是一个民族的属于自己的生存的空间，是一个民族可以按照自己的意志耕耘、播种和收获的土地，是一个民族能够将自己的梦想变成现实的依托，是一个民族的灵魂之鸟能够自由翱翔的云天，是一个民族能够孕育自己的英雄和伟人的摇篮，是一个民族能够用自己的智慧创造灿烂的文化和文明的基础，是一个民族永远都不会被征服或精神不会被摧毁的力量的源泉……

因此，为了祖国的富强，为了民族的昌盛，在中华民族的历史的天空中有多少颗伟大和不朽的灵魂之星在永远地闪着迷人的光芒啊！为了点燃人们心中的创业的激情，孔子发出了"修身、齐家、治国、平天下"的穿越时空的呐喊；为了让人们的生命之剑永远锋利，为了让人们的灵魂不会在失败中退却，老子写下了"以不争而达到无所不争""以无为而达到无所不为"的千古不灭的文字……在祖国的大地上，孔子的思想和老子的精神永远像日月一样照耀着中华民族的每一颗自强不息的心灵！

为了祖国，为了民族，宁死不屈的苏武被囚禁在北海牧羊19年而手里从不离开象征着祖国尊严的汉使旌节；文天祥拒绝了高官厚禄的诱降后，高吟着"人生自古谁无死，留取丹心照汗青"的诗句慷慨就义；林则徐置生死于不顾，愤而点燃了虎门销烟的烈火；抗日英雄方振武面对强敌发出了"宁为战死鬼，不作亡国奴"的怒吼；少年周恩来十多岁时就曾写下了展示其襟怀的"为中华之崛起而读书"的诗句；毛泽东更以他顽强的拼搏和不屈的奋斗与他的同志一起实现了他少年时代的伟大抱负……

因此，爱自己的祖国，是一个民族的内在精神里蕴藏着的一种最炽热和最高尚的情感，是一个民族向世界袒露的最伟大和最高贵的灵魂，是一个民族的尊严最集中的体现。爱自己的祖国是无条件的，就像她无条件地贡献给我们可以畅饮的清泉、甘甜的果实一样；爱自己的祖国是无言的，就像她在默然中教会我们做人要有山的脊梁、江的气魄、海的胸怀一样。只有爱自己的祖国，我们才能成为我们生活着的这个蔚蓝的星球上的一个

最富强、最不可战胜的民族；只有爱自己的祖国，我们才不会像吉卜赛人那样四处流浪和无可奈何地忍受着轻蔑和白眼。

美丽的牵挂

当你的心中有一个人时常让你牵挂着的时候，那么，爱的旋律便已在你生命的琴弦上奏起，虽然从那琴弦上洒落的音符里会有感伤的雨滴，但更多的还是阳光的明媚；爱的交响曲会因为有了跌宕起伏的旋律，才充满了更迷人更浪漫的谐美……

当你的心中有一个人时常让你牵挂着的时候，你的心就成了一首抒情的诗，让人陶醉的爱便是你诗的诗魂，你心的每一次跳动就是你的诗韵。

当你的心中有一个人时常让你牵挂着的时候，你的心就成了一枝在春风里绽开的花朵，爱就是那弥漫于你生命岁月里的幽幽的馨香。你的生命会因为有了爱而充实。

牵挂是一首期待的歌，是首有着阴晴圆缺的月亮之歌，是一首有时让你的心隐隐作痛、有时又让你心灵燃烧的歌。期待像一把我们正在精心打造的钥匙，它能打开我们想打开的那扇门上的锁吗？

牵挂是一粒饱满的种子，是一个收获的希望。然而，当你把它播进你充满热望的土地里时，你就开始了小心翼翼地守护着她的嫩芽，守护着她的花朵，生怕因自己一时的疏忽而得罪了上苍，从而让你失去自己愿意终生守望的果实……

牵挂往往会让你从一个无神论者成为一个虔诚的信徒，你会常常向着上天祈祷，真的希望冥冥之中会有一个神灵，永远保佑着你时常牵挂的那人的平安、幸福……

当你的心中有了一个可以让你时常牵挂的人时，你情感的航船便不想再到处漂泊，因为你已经有了平静的港湾可以停靠，你的心灵有了归所。

当你的心中有了一个可以让你时常牵挂的人时，你便会觉得有他（她）在的时候，天空会格外晴朗，月色会格外美妙，流水会格外清凌，空气会格外清新，心情会格外舒畅……

牵挂是爱的主旋律。年迈父母的牵挂仿佛是一条永远没有尽头的路，他们会铺平每一个坑洼以待子女的回家；情人的牵挂仿佛是大海深处的那面白帆，承载着历史弥新的绵绵情愫；朋友的牵挂仿佛是那坛贮藏了一年又一年的老酒，流失的只能是岁月，但浓缩的却是回味无穷的情谊……

当你的心中有了一个时常让你牵挂的人时，在你的生命之杯里就已经斟满了爱的汁液，那么，你就慢慢地从这杯中啜饮，好好地享受这充满爱的生活吧！

心灵的渴望

一天夜里，我在梦中，突然听到了我有形的躯体和无形的心灵之间的对话。

躯体说："不安的心灵啊，是该让我们的主人知道满足的时候了。你看我们的主人在温暖的榻榻米上、在他美丽的妻子旁睡得多么香，多么甜，你还忍心用那虚无的理想的号角去搅扰他的梦境吗？在生活的海洋里，谁知道他流了多少汗，撒了多少网，你为什么还不让他静下心来享受

他辛勤劳动的收获？你为什么总是煽动着他的灵魂，去追逐一些似乎并不存在东西，就像风总是吹着白云让它飘向更遥远、更不可知的远方？"

　　心灵说："我的兄弟啊，我随着我们的主人来到这个世界上，可不是为了来分享他的快乐和幸福；我是代表造物主的意志，时时要唤醒他的责任和使命，让他能透过生活的表面看到生命之中更高远的东西，让他的耳朵总能听到来自以太的令他的灵魂为之燃烧的声音。已经获得一切，都在获得它们的一刹那失去了意义，如晶莹的露珠，在清晨它光彩夺目，太阳一出来它便消失得无影无踪一样。可是，你却想用这些东西去编织一个精美的牢笼把我们的主人囚禁，还美其名曰是享受'收获'！啊，对小鸟来说，再美的笼子也不如贫瘠的原野，因为只有那里才有着天地之间最宝贵的自由；对我们的主人来说，你企图编织的囚笼再舒适，也不如他背着行囊在大自然里向山峰登攀的艰难的脚步，因为这脚步正展示着他的生命里能超越一切的力量。所以啊，在我们的主人最快乐的时候，我让他的心里有一种如失落了某种高贵东西的感伤；在他获得成功和荣誉的时候，我又在他沸腾的血液里注入自卑的冷却剂。我必须时时刻刻让他明白：造物所创造的生命之杯，他用自己获得的东西是装不满的，别指望这些东西会像啤酒花一样从杯中四溢！但在他最悲伤、最痛苦和最无望的日子里，我又要唤醒他作为一个人的神圣和崇高，让他坚信：生命之犁能在最坚硬的土地上翻出田垄，种下渴望，收获成功之果！我的兄弟，你可以和我们的主人一齐甜睡、可以和他一起在盛满快乐和幸福之酒的杯中畅饮，但我必须清醒，我必须时时告诫他：生命的意义并不在他昔日已枯萎的荣誉的花环里，而存在于他尚未达到的、且充满相思之苦的梦境里，存在于他苦苦求索的行动里！"

　　我在梦中笑了，我为自己能拥有这样的心灵而骄傲。

机会

一个秋天的月明之夜，造物主耶和华终于被我直冲天庭的怨声搅扰得烦躁不安，难以入眠，他降临到我的充满怨气的屋宇中亲切地问道："我的孩子，你年纪轻轻何来那么多的怨言呢？"

我说："造物主啊，你给别人那么多的机会让他们成名成家，并有着更辉煌的前程，可我呢？你却把我遗忘在人世的这个角落里，让我的生命像卑贱的小草一样悄悄地归于虚无，没有任何希望和机会实现我的梦想，难道这就是你的公平吗？"

造物主说："我的孩子，每一棵小草都能从我这里得到一块扎根的土地，每一只小鸟都能从我这里得到一对可以飞入云天的翅膀，每一条小船我都让它能顺利地驶入它渴望中的大海，每个人我都给予了他们同等的智慧和力量，难道这还不够吗？你渴望建功立业，成名成家，然而，你却不是把你梦想的种子播入你必须耕作的土地里，而只是把它供奉在我的祭坛上，你觉得你不需要流血流汗，只凭美好的愿望就可以得到丰厚的收获吗？你想成为一个英雄，首先你不能是个懦夫，只有这样你才能在这个世界需要你的时候，显示出你的英雄本色；你想成为一个让这个世界为之惊叹的作家，你就得不断地学习，不停地写作，只有这样，你的才能才可能有一天被人们发现，你的某一部作品才有可能轰动这个世界；你要成为一个伟大的科学家，你就必须到你未知的世界里去探索，一切奥秘我都写在大自然这本厚厚的书里，你不打开并认真地读一读就想知道书里的一切，

你觉得这可能吗？你年纪轻轻却在这里怨天尤人，难道这怨声能创造什么奇迹让你出人头地，走出平庸吗？你好好地看一看那些人间的优秀者吧，不管他们来自偏僻的山乡村野，还是来自繁华的京都闹市，并不是因为我的偏爱而名扬千古，而是他们为自己成为优秀者开辟了一条通向优秀的道路！我的孩子，抱怨者，永远是弱者。如果你没有苦苦地练就两条'飞毛腿'，我就是给你走进竞技场的机会，你又会有什么样的结果呢？机会是核桃仁，你只有用力把它的硬壳砸掉，才能吃到它。再见，我的孩子！"造物主说完便不见了。

造物主的话，令我羞愧难当。从此，我不再抱怨一切，而是去默默地敲打我的那枚核桃的硬壳。

诗意与禅意

诗意的美丽和浪漫、冲动和幻想，常常像绽放枝头的玫瑰、蔷薇一样，把我们的心灵世界装点得灿然烂漫；诗意使我们的寻常生活变得如驾舟长江，踏着滚滚的波涛，检阅着两岸不断变幻的旖旎风光……

而禅意则让我们的生命岁月里弥漫着果实的馨香，让我们的心灵里充满了那种"野渡无人舟自横"的平静和超脱；禅意是那种把对美的欣赏和赞叹变成了享受和感悟，犹如把雏菊的鲜丽变成了杯中清茶的芬芳……

诗意是平静中的热烈，而禅意则是热烈中的平静。诗意是绿色的，如奔涌的河流，如苍莽的森林，如羊群游移的草原；而禅意则是蔚蓝色的，如悠然的晴空，如辽阔的大海，如逶迤的远山。

当一个人的心中充满诗意的时候，他的生命中必然荡漾着青春的活力和激情；当一个人的心中充满禅意的时候，他的灵魂世界里必然闪耀着领悟的圣光，氤氲着智慧的芳香。诗意的炽烈中若有了禅的底蕴，则灵感如泉而涌；禅意中若有了诗的曼妙，则禅锋更加耐人寻味。

诗意是我们心灵世界里的一只翱翔歌唱的飞鸟，是一匹奔腾嘶鸣的骏马，是一只翩翩起舞的蝴蝶；而禅意则是我们心灵世界里的一片幽静的湖泊，是一座穿越了时空默然不语的雪峰，是一棵经历了无数岁月的洗礼而依然葱茏茂盛的古木……

诗意使我们对生活充满无限的爱恋，使我们对生命充满无限的遐想，给了我们一双善于从生活、生命和大自然中发现美的眼睛；而禅意则让我们透过了这层美去感悟生活和生命的本质，去从大自然那空灵自在的雄浑壮阔中去领悟我们内在灵魂的依托之所在。

当美像火种一样点燃了我们心灵里奔放的激情之火时，那诗意便是火焰；当美像春水一样悄然融入我们的心田、并给我们带来舒展畅快的享受时，这享受便是禅意。诗意如阳光，映射着生活原野中的姹紫嫣红；禅意如新月，安抚着人生风雨里的那颗躁动的心。

诗花禅果，是生命和生活外美内秀的和谐与统一，犹如山水相依，才能造就大自然的勃勃生机。花孕育了果，但果的种子中也携带着花的基因，所以说，诗意中往往并不缺少禅机，而禅意中也常常充满诗的神韵。人生在世，不也如此？生活和生命之美所带来的冲动与悟所带来的欣快，不正如影随形？

诗意如天朗润，禅意似的厚实，所以，正是诗意和禅意，才造就了我们心灵的丰富与充实！

心灵在不断的感悟中升华

来自我们心灵里的感悟，就像那无边的夜里点亮的一盏刺破黑暗的灯。然而，一盏灯的光芒不管具有多么强烈的穿透力其亮度也总是有限，只有千万盏灯的光芒才能成就一个光明的世界。

来自人们心灵里的感悟，就像那广袤的大地上的一条奔腾的小河，然而一条小河的水量不管多么充沛恐怕也成不了什么气候，只有千万条奔涌的江河才能汇聚成蔚蓝色的海洋。

一个人的资质不管是多么聪慧，只凭着偶尔开在自己心灵的原野上的一朵顿悟的花，并不一定能使他摘取到什么思想的果实，只有满山遍野的鲜花，才有可能使他得到丰厚的收获。

当我们在读一本书的时候，我们的心灵中往往会从那字里行间里迸发出一些美好的思想，这些思想常常会使我们感到她的稍纵即逝，过后再也不曾想起。其实我们大可不必为此惋惜，因为这些思想早已成了我们心灵餐桌上的一顿美餐，也正是这样的一顿顿美餐的营养，才使我们的心灵之鸟的翅膀日渐丰满。

当我们置身于大自然的怀抱之中的时候，我们的心灵往往能从那连绵的山峦、空旷的幽谷、浩渺的大海、苍茫的森林里，采撷到许多的灵感和诗意。甚至那一棵小草、一片树叶、一朵白云、一块石头的美，都能使我们的灵魂超然于物欲之外，享受到被道家称之为自然无为的飘逸和快意。在这种飘逸和快意中，我们心灵中的被欲望所唤起的烦恼和痛苦，也将像冰一样渐渐地消融在大自然的春水里。

当我们和身边的朋友相处或者与远在天边的朋友通信时，我们往往会从他们的行为或信中看到一个与我们的内心极不相同的世界，这一个个世界可以说正是我们自己内心世界的扩展，在这个被扩展了的世界里，我们心灵的眼睛将有一个更开阔的视野，我们也将从这个被扩展的世界里，感悟到我们在自己的那个狭小的世界里感悟不到的东西……

我有幸曾看到过一位雕刻家的工作。在他的工作室里，在一块玉石旁，他手持雕刀整整工作了三年，才最终完成了他的那件不朽的作品。望着他的作品，我曾心有所悟：在这三年里，他落在那玉石之上的每一刀，不正如我们心灵中的一次次的感悟吗？是的，那块玉石是在他的一刀刀的着意的雕刻下成了不朽的艺术品，我们的心灵也正是在一次次这样不断的感悟中升到了一个个更高的境地。

静修的禅师一生都在心里追求着悟的最高境界，对于那些止于一悟之悟（即刚一开悟就不思进取）的人，被称之为朽木之悟；只有那些开悟之后仍在不断求悟（悟之悟）的人，才能最后成为得道者。我们的心灵，也将像得道的禅师一样是在不断的感悟中升华！

智慧

智慧并不是哪一个人生命之树上的特产，而是每一个人都能够拥有的甜美的果实，就如阳光不会只偏爱哪一朵鲜花，而是每一片绿叶都能沐浴到她的光辉。

智慧是一条通往人生幸福和快乐的心灵之路，就如一条通往城市公园

或风光无限的奇峰幽谷的道路，通过她每个人都能在充满希望和期待的人生岁月里，享受到生活的温馨和温馨的生活。

智慧如水，她能渗透到我们所处理的每一件事务之中，就如自然之水无处不在一样，她不但荡漾在浩渺无边的大海里，奔腾在蜿蜒曲折的江河中，她更存在于我们生命的每一个微小细胞之中。

智慧不是知识，不是常识，不是聪明，也不是经验，智慧是我们站在知识、常识、聪明和经验的台阶上，观察这个世界时所张开的那双充满欣赏和不断有所发现的眼睛，是眼中的这个美丽世界融入我们的心灵时常常绽放的感悟的花朵。

智慧是我们心灵的世界里一条涌动的河流，只要我们心中的梦想还在，希望还在，创造的激情还在，炽热的爱火还在燃烧，她就会永远地奔腾不息，并把我们的生命之舟送进更加广阔的充满创意的生活之海，使我们的生命之曲里更加充满了精神与现实的和谐的音符。

现实+梦想+幽默=智慧。这是文学家林语堂列出的智慧公式。生命中有了梦想就有了灵魂的翅膀，而幽默又把情趣和快乐赋予了生命。这样的人生无疑就是充满智慧的人生。

IQ+EQ+SQ=智慧。这是李嘉诚列出的智慧公式。翻译过来就是：得到充分开发的智力商数+不断自我完善的情感智能商数+勇于超越问题的开拓精神，便是任何一个科学家之所以能够取得成功的智慧。追求卓越，追求成功，正是推动科学进步、把不断积累的经验转化成的智慧的源泉！

以不争而达到无所不争，以无为而达到无所不为，这是道家的智慧；天行健，君子当自强不息，学而思，则智如江河不绝，随心所欲而不逾矩，这是儒家的智慧；悟道明心，转识成智，善念如流，佛境自至，这是佛禅的智慧……

智慧总是与豁达博大的襟怀相随，智慧总是与积极的心态为友，智慧总是与乐观向上的人们同行。当一个犹太人的孩子问母亲："如果家中着了大火，我该抢救什么呢？"母亲笑着回答："最重要的是你要能把自己的智慧抢救出来，其他的一切都是不重要的。"这是一个很耐人寻味和幽默的回答，这个母亲自己不但充满智慧，她也同时告诉了孩子在人生的过程中，什么才是最重要的。

心灵应该让"大"来统领

庄子说："大知闲闲，小知间间。"用今天的话来说，就是知识愈丰富、对世事懂得愈多、理解得愈深刻的人，其内心就愈是平静无争、安闲自在，就像是临风翱翔的雄鹰一样，虽垂翼于云天之上，却让人感到其双翅是飞翔得多么悠然啊；而那些对什么东西都略知皮毛、思想肤浅的人，却喜好到处展示自己的才华，炫耀自己的本领，就如活跃于低矮树丛间的小雀一样，虽叽叽喳喳地吵闹个不休，但却让人感到无比心烦意乱。当然，庄子的大知也可理解是指那些具有大智慧的人，这样的人往往是以憨厚似愚的面目出现于人前，淡泊于名利，闲适于世外；小知无疑就是指那些好耍小聪明的人了，这样的人，苟利钻营，机关算尽，处处想占便宜，事事都怕吃亏……

一个哲人曾说过这样的一句话："大的理想能像狂风扫落叶般驱逐心中小的欲望。"是啊，一个人的心中若是有了大追求、大抱负，他哪里还会沉溺于你算计我、我算计你的泥淖中不能自拔呢？心灵犹如肥沃的原野，如果在这原野上长满了耸干入云、挺拔巍然的巨树，那么低矮的小草或灌木丛就无法在这片土地上立足，它们会因为得不到充足的阳光而枯

萎；只有大树，才能成就大材，结出大的果实，如果在这片土地上只是长满的荒草或枝枝丫丫的荆棘，那么我们会有什么好的收获呢？

人们都喜欢把自己的心灵比喻成大海，那是因为人们喜欢大海的那种吞吐日月的大气磅礴的壮美，喜欢大海的那种能托负起万吨巨轮而不自夸其力的含蓄，喜欢大海的那种把一切袭来的污垢悄无声息地沉入海底的宽容，喜欢大海的那种不断地开出朵朵浪花以自娱的浪漫和快乐……一个人的生命中，如果总是让人们能从他那里感受到大海的气息，那么他一定是一个魅力四射的人。

曾经有一个皇帝问他的一个大臣说："天下最大的东西是什么？"大臣回答说："是人心。"皇帝又问："那天下最小的东西是什么呢？"大臣说："也是人心。"皇帝疑惑地说："这是为什么？"大臣回答说："人心大，是因为天地万物它无所不能包容，是因为世间的知识和智慧它无所不能吸纳，是因为存在于自然之中的规律它无所不能探索和理解，是因为一人之心却还能容得下天下人之心啊！说人心最小，是因为有些人的心里容不得半点的细沙微尘，射不进一丝的阳光，一句不称心的话便如泰山压在心头，一件不合意的事便如骨鲠在喉，一个看不顺眼的人便如自己的肉中之刺，一个未得满足的愿望便能一生都耿耿于怀。人心大者，能顺其自然，和于四时，得天地之精华，乘造化之势利，为民则安然自适、静如湖泊，为官则心系百姓、安民一方，治国则政通人和、天下归心；而人心小者，则得势则笑，失利则愁，有便宜则上，无好处则溜，常嫉妒他人之长处，常戚戚自己所得之不足……"皇帝听后，叹了口气说："人心还是应该让一个'大'字来统领啊！"

是啊，一个人只有有了大的气度、大的襟怀、大的梦想、大的智慧，他才能最终成就人间的大业、最大限度地实现自己生命的价值、创造伟大的人生啊！

激荡心灵的流动

一切皆流，一切皆动，时间，生命，爱情，事业，等等，不要试图去追求什么永恒，除了不断地去适应变化，心灵并没有其他的选择……

岁月本身就是被自然之驴拉动的一盘磨，春夏秋冬不断地转动，任何一件事，都不会停留在一个点上。爱情的山盟海誓，留不住爱情；少年时代的凌云壮志，不等于未来的卓越；今天的成功，并不等于明天的辉煌……有时，我们会被快乐所陶醉，然而，这也不过是投入水中的一块小石子荡起的波纹，会很快复归于平静；有时，我们会受到绝望或痛苦的煎熬，但这也不过是扎进我们肉中的一根刺，虽然我们会痛上一段时间，但也会很快地弥合，不留痕迹。所以，该来的，就让它痛痛快快地来，该去的，就让它利利索索地走，今天的太阳虽然会落下，但明天的朝阳依然会升起，依然会照亮我们美丽的天空和大地。

生命离不开追求，就像肚子饿了就会去寻找面包一样，而追求却又把我们造就成了一个精神的登山者，我们像是一只只可怜但却充满思想的蚂蚁，在星月或太阳的导航下，不断地向上攀升。终于有一天，当我们到达峰顶无路可走的时候，心中免不了会感到孤独和失落，回头看看走过来的路，才知道真正让我们感动的东西，都留在了那走过的坎坎坷坷之间了。所以，我们又渴望着新的追求，我们从峰顶溜了下来，又迈出了向新的高度进军的步伐……

追求，应该说是无处不在，它实质上已渗透到了我们精神生活的旮旮

芸芸，不管我们是凡夫俗子，还是卓尔不群，无不在自己的生活层面上，追求着自己的心灵渴望得到的东西或到达自己渴望到达的地方。生命不息，追求不止。生命如江河般在这追求中流动，心灵当然也就是在这流动中不断地体悟着生命的内涵。

所以，快乐幸福时，没有必要得意忘形；痛苦失意时，当然也没有必要灰心绝望，一切皆流，一切皆动，属于自己的就没有必要去放弃，不属于自己的东西，不管它是多么的炫目，也应该有一份心境的坦然。萨福说："太阳落山，羊群入栏，白天夺去的一切，夜晚又将还来。"因为诗人是自然主义者，所以，他劝我们学会欣赏流动的时间把我们带到的下一个景点。海涅说："心儿啊，不要悲哀，冬天夺去的一切，春天就要还来。"因为诗人经历的痛苦太多了，所以他知道流动的岁月会冲淡一切悲伤，并且还会带来新的幸福和快乐！

心灵就是时间之河中的一叶浮萍，她哪里能拒绝得了流动？

济胜之具

如果说，生命是一首美妙的歌，那么，这首歌的旋律是什么？奏响这首歌之旋律的琴又是什么？

前段时间，在《世说新语》中读到：许玄度好游山水，而体便登陟，时人云："许非徒有胜情，实有济胜之具。"译白了就是：许玄度喜好游山玩水，而他的身体轻健，特别便于登山行远，因此，人们总是羡慕地说："许玄度并非只有仰慕胜景的情怀，更拥有了能让自己登达胜境的强健之躯啊！"

寥寥数句，却意蕴悠远，正是因为许玄度既拥有了内在的"览胜之情"，又拥有了外在的"济胜之具"，所以，他在自己所享足的天年中，能将自己的生命之曲弹奏得有声有色。他一生不愿做官，朋山友水，却识见卓绝，诗冠朝野，是东晋名士之中最负盛名的人物，许多官员都以能和他交上朋友为荣幸。丹阳尹刘长真曾赞叹说："每当天清月朗之际，就特别地想和玄度说说话。"

不仅官员们喜欢玄度，就连皇帝也喜欢和他交往。有一次，简文帝和玄度在宫中叙谈。那天夜里，风静月明，两人聊得如醉如痴。玄度借助山川之美韵，抒发玄理之精妙，寄情托意，言清辞新，如风籁之悦耳，如月辉之婉约，谈到忘情之处，皇帝也抛掉了自己的尊贵，不觉间两人竟像密友一般，促膝相谈，执手共语，几近天亮。事后，简文帝说："像玄度这样才华丰沛之人，确实是不易多得的啊！"

《世说新语》是东晋之后的人写的，作者对许玄度的"济胜之具"如此深切地大加赞美，确实值得我们好好地玩味，因为作者紧接着又写了一个让人心里有些凄楚的故事。

王武子的妹妹，青春貌美，贤淑又有才情，武子在给妹妹寻找如意郎君的时候，发现一个军人的儿子，才华横溢，识见超拔，很是喜欢，便准备让妹妹嫁给他。王武子把兵家子的情况向母亲钟氏做了汇报之后，母亲说："若是才俊，就不必计较他的门第了，但我要看看他本人，再做定夺。"

于是，武子便请兵家子和其他的一些年轻人来家中清谈，让母亲隔屏窥视，却不告诉母亲哪个是兵家子。果然，那青年谈吐不凡，相貌又特别出众，母亲钟氏也是一猜便中，她夸了儿子武子的眼力不错之后说："那青年确实是才华超人，出类拔萃，但观其形骨惨悴，必是寿短之人，寿短则才华抱负，不得伸展。我不同意把你妹妹嫁给他。"没过几年，那军人

的儿子，果然就因病而死了。

那个军人的儿子，不论是王武子，还是钟氏，都能从众多的青年中，发现他隽逸的才华，可见其卓尔不群、襟怀高远，然而，却神形惨悴，虽胸有"胜情"，但却无"济胜之具"。曲虽好，但琴不济，寿短福定浅，终不能奏一支如许玄度那般的气畅志达的生命交响诗。

所以，对于胸怀大志的人来说，一定要有"野蛮其体魄"的远见，给体育健身以足够的时间；成就人生的卓越，无须争朝夕；追求梦想的成功，也不必急着趁早，如果像那个兵家子一样，学得呕心沥血，弄坏了身子骨，才情之曲虽高，却无琴可奏了，岂不令人惋惜？因此，躯体要足够强，活得要足够长，你梦想的花朵，才有足够的时间，成熟足够硕大馨香的果实，从而，也有足够的时间，来尽情地享受在自己的生命之琴上奏响的优美醉人的旋律！

让梦想成真

那挂在枝头上的成熟诱人的果子，难道不正是果树的花之梦在穿越了许许多多的风雨之后所奉献给大自然的甘甜？那呈献在农民镰刀下的收获，难道不正是种子在投入大地之母的怀抱时的梦想之花在历经了寒暑的洗礼后所成就的现实？在我们苦苦奋斗的岁月里，那可以展示在朋友面前的一个个成功的果实，难道不正是来自我们的梦想之花的花蕊？

然而，花虽是美好的、浪漫的，果虽是甜蜜的、充实的，可在走向成熟过程中漫长的岁月里，那果实却是苦涩的，因为命运的那只无情的手随时都可能把它从枝头上摘下投入时间的黑洞。

朋友，当你怀着一颗年轻的雄鹰之心，只是渴望却还不曾真正地展翅于万里云天的时候，可知道你那对还未被暴风雨吹打过的娇嫩的翅膀尚不曾体验过通向成熟、通向收获、通向成功的道路，是多么漫长、多么艰难！这其中有多少困惑，又有多少迷茫！我们常常会向即将踏上征程的朋友由衷地说一声："祝你梦想成真！"可是，我们是否也能在心里不断地提醒自己：在我们生命之树上开放的梦想之花，如果我们不能用心去倍加爱护，它就有可能在漫长的、寂寞的岁月里归之于虚无。

当冰峰上的一片雪花在阳光的拥抱中成了一滴水珠的时候，它便有生命，有了与生俱来的蔚蓝色的梦；当这滴水把自己融进涓涓流淌的山溪的时候，它便有追梦的勇气，因为它感到自己被阳光改变的并不仅仅是它存在的形式，更重要的还复活了它的那颗被冰封了太久太久的梦想！它穿越长长的随时都有可能再把它还原成冰的冰川，走过了长长的曲折的山路，终于有一天它把自己融进了山下的一条滚滚的河流，从这条河里它感到自己获得了无穷的力量；它无声无息地随着波浪前进，并时时刻刻拒绝着岸边柳柔花艳的吸引。走啊，走啊，一个黑暗过后的黎明，它突然发现自己竟然置身于它梦想之中的那片蔚蓝里……

当我们驾着自己的生命之舟驶向梦想之岸的时候，我们会在生活的海洋里遇到一个个美妙的海岛，不管你摇桨的臂膀是多么累，只要你心中的那盏梦想之灯不灭，你就不会把它们当作自己最后的归宿；你可能会在前进中遇到惊涛骇浪，狂风暴雨，但是，只要这舟的龙骨是由你的意志构成，它就不会被折断；只要这舟的风帆是由你的勇气织成，那就不要怕它被吹烂；只要这舟中还满载着你的自信，就不怕它会沉没；只要你还在奋力地摇着你的希望之桨，你的心灵深处就能听到那前方传来的深情呼唤！

梦想给我们的灵魂世界以丰富内涵，它无疑是我们的生命走向神圣和崇高的外化。因此，"让梦想成真"，这不但是你送给自己，也是你送给任何一个你所爱的人的最真诚的祝福。

让心灵与自然相融

不要嫉妒山岳的连绵千里、峰刺青天的气势，如果让自己的心灵像弥漫的云雾悄然融入山岳之中，那么，你的生命里就有了山的巍峨，山的磅礴，无论你走到哪里，胸中都将充满山一样的浩然壮气。

不要嫉妒大海浩渺无边的蔚蓝和空阔，如果让自己的心灵像一滴雨珠悄然融入大海之中，那么，你的生命里就有了海的旷达和宽容，有了海的博大和深远；你的个性中也将充满海一样的纳百川、载万舟而不张扬的含蓄和底蕴。

不要嫉妒江河的曲折回还、滚滚向前的力量，如果让自己的心灵像山间一股清澈的溪流悄然融入江河之中，那么，你的生命里就有了江河的执着，江河的意志；你的品格中就有了江河般百折不回的倔强。

不要嫉妒太阳的普照大地、孕育万物的光芒，如果让自己的心灵像一朵小花一样悄然融入温暖的阳光里，那么，你就能怀着一颗像阳光一样自然无为的心态，在人生的岁月里默然地培育着自己生命的果实，铸就着自己生命的辉煌！

不要嫉妒月亮的如诗如歌、美奂至极的柔媚，如果让自己的心灵像小星一样悄然融入月色之中，那么，你的生命里就有了月夜的宁静，月色的曼妙，你的灵魂深处就永远地飘着月光般如梦如幻的迷人的音符。

不要嫉妒那棵百年巨树的依然新枝勃发、花繁果香的盎然生机，如果让自己的心灵像一片青翠的叶子一样悄然融入巨树的绿荫里，那么，你的生命里就会永远地闪耀着青春的光芒，年轮所代表的也只能是我们生命的高度和人生的辉煌……

让心灵像微风轻吹的细雨融入原野那样融入到自然之中吧！

不管我们是生活在车水马龙、建筑林立的城市里，还是生活在天蓝野绿、莺飞鸟唱的乡村中；也不管是生活在谷深林密、峰秀坡翠的大山里，还是生活在水摇波撼、吞星吐月的大海边，只要拥有了能与自然相融的心灵，我们的生命中就充满了自然的和谐之美，我们人生的岁月里就充满了宁静、光明、希望、梦想、幸福和欢乐……

参悟天地

当一个人的心灵对天地之大美充满渴望的时候，一扇把你引入禅意氤氲之境的大门，便在这一刻为你豁然打开，走过去，你会透过那万象森罗之姿，发现更能触动自己灵魂的东西。美，是造物主通过各种自然景状来表达大化奥秘的语言，用心来读，我们便有可能成为一个契悟于造化自然的得道者……

那一年夏天，旅行至普陀山，在这个被接天水波捧起的海岛之上，梵音盘空，古刹林立；苍松巨柏，威仪棣棣；在那峰崖兀起、礁峙滩卧之处，更是闪耀着圣迹莲踪的灵光。山海相依，上下一碧；鸥形帆影，风岚云霁；穿越其间，自是心尘不起，欲念难升，一份与天地共融的喜悦，萦绕于胸中……

在涛声如虎啸龙吟般的梵音洞，游览观佛阁的时候，一老僧主动与我搭讪："听口音，施主是安徽人吧？"我点头称是，接着又反问道："师傅为什么对安徽口音听得如此真切？"老僧说："我是安徽太和人，在此出家，虽已30多年，但一听你说话，便知我们是老乡啊！"我说，我家紧邻太和。老僧感叹一声，双手合十："阿弥陀佛，虽说是出家之人，但一听到乡音，心里自有一分亲切感啊。这里人声嘈杂，可否请施主临海亭中一叙？"

临海亭矗立于梵音洞口处的危岸之上，背依横跨梵音洞的观佛阁，面对空茫无际的大海，烟波浩渺，水天一色，清风吹来，暑热不侵，好不让人心旷神怡啊！

老僧并不愿多提自己的家乡，对我问及他为何出家的话头，也是顾左右而言他。当我说他能在这里修行真是好福气的时候，老僧一下子来了精神，伴着不断从梵音洞中传来的阵阵涛声，他说："天地含道，水山说法；大千世界，虚净澄明，看似无为，却无处不显露着禅机玄谛啊！造化无生发万物之心，却物物自成；雨露无润泽大地之意，却灵苗自荣。走一处，你会感受到一处的曼美；观一景，你将化入一景的脉息。我身在普陀，早已将自己视作一粒随大海呼吸的沙砾，将自己视作一朵随时归化于大海的浪花，心无尘欲，意自澄澈啊！我一直都非常喜欢明朝释道贞的咏普陀山的诗：'攒峰峭壁势排空，大海中间山最雄。蛟蜃结楼云涌黑，鼋鼍鼓浪月翻红。潮声夜落龙吟外，天籁时闻僧梵中。何必辛勤寻解脱，耳根触处即圆通。'置身自然，耳之所闻，目之所染，何处不是天机？无须苦参，便能直会其道啊！"

老僧的一段话，直说得我快意淋漓，多少年的旅行，今日终被老僧领入了真源；都说旅行就是修行，不管我们能不能彻悟此话，但不管是谁的旅行，可都是一件能触动自己灵魂的事情啊！

普陀山之行后，那位老乡僧人的话，让我对禅产生了浓厚的兴趣，便读了一些禅籍，在禅宗的集大成之书《五灯会元》中，更是把自然之道对禅修者的明心见性的作用推到了极致。比如，龙华慧居禅师道："山河大地，长时说法，长时放光，地水火风，一一如是。"再比如，罗汉愿昭禅师说："山河大地是真善知识，时常说法，时时度人。"他们都把森罗天地、宇宙万象，看成了佛禅之道的化身。

更有趣的是，有一个叫政黄牛的人，幼年喜读经书，18岁受戒为僧之后，便开始游历天下，如风似云般地走了30年，尽得山水之妙，其后，便定居功臣山。他为人狂放恣意，其书法绘画，空灵仙逸，禅意氤氲，风流绝纶，时人竞相收藏。夏秋之时，常常在月升之时，置大木盆于湖里，盘坐其中，随波流转，通宵达旦，乐不可支。有人问他："和尚以禅师为名天下，却从不谈禅，这是为什么啊？"他答道："大化自然，无时无刻，不在为我们说禅释道，何须多言多语，枉费苦心？何况语言是灰色的，而造化对禅旨的演绎却是无穷无尽的，只有用心，才能随畅无碍地领悟其妙啊！"

从政黄牛的话里，我们是不是对"参悟天地"的意旨，体悟得更深刻一些呢？

挑战

人生中有许多的渴望，我们常常只是望望而已，一旦你决定把这渴望变成现实，那就要迎接随之而带来的一系列的挑战，比如，你渴望看到一般人看不到的风景，你就要走到一般人走不到的地方……

骑行川藏线去饱览那一路大美风光的渴望，已经在我的心底发酵两年了，今年的暑假，终于提车出门，以成都为起点，拉开了骑向圣城拉萨漫漫长途的序幕，我的车轮将载着自己的梦想，一寸寸地去丈量那片被称之为大香格里拉的美丽！

俗话说，仙境总在险境。这既是一次对天下雄秀无双的大自然艺术长廊的穿越，也是一次对穿越者的心灵、意志、体能等综合素质的考验和挑战。我从未相信过神灵，可在这次危机四伏的途程之上，凝视着那些横亘在前路的海拔多在5000米的大山，我却常常望着苍天默默地祈祷，真的渴望能有一个神灵暗暗地护佑着我，帮我达成心愿！

过去的好多年里，看着地图上的三江并流的地理奇观，我一直梦想着能来一次完美的大穿越，没想到在这次险象环生的骑行中，竟然铸梦成真！

骑行的第13天，从理塘美丽的毛垭大草原的腹地禾尼乡出发，一路爬坡，翻越了海拔约4700米的海子山垭口，饱览了冰川之下奇美绝伦的情人湖景观。接着，便是一路顺坡，过巴塘后，沿着巴楚河，直抵金沙江畔。这里虽属于上游，山峦起伏，云峰生烟，但却江面空阔，水静流缓，骑行于河谷之中，总觉得她像一个矜持的贵妇人，雍容娴雅，步履沉稳，让人心生爱敬之情。顺着江流，骑行到竹笼镇，金沙江大桥在此飞架两岸，过了桥，便进入了西藏，进入了更富有挑战性的骑程……

骑行的第15天，从群山环抱中的芒康县出发，一上路，雄山猛坡，骤显峥嵘，在奋力的踏车中，尽管耳畔总是回荡着牙盘与链条啮咬的咯咯之声，可骑速也不过是6迈左右，与徒步相差无几，但是，慢有慢的妙韵。你看这里，天蓝如洗，云白似漂，山青溢秀，谷幽流翠，夸张的色彩，迷离人的双眼，穿行其间，如梦似幻！骑行者不辞辛苦，承受着这般的磨砺和挑战，不正是为了这一份心灵的慰藉和快意吗？骑上了海拔近4400米的拉乌山垭口，接着，便是一个35公里长的大下坡。放眼而望，山朗水润，瑰景天成，一路顺沉溜到澜沧江边的如美小镇。澜沧江在这一带，犹如一条深藏于深渊之中的游龙，曲折蜿蜒于岳莽峰兀的觉巴山下，云纱雾缦之间，愈显其雄浑苍虬。翻过觉巴山，告别澜沧江，横亘于前路的又是海拔5008米的东达山……

川藏线上，景美如幻，一路的山诗水韵，一路的考验不断，差不多一天要翻越一座大山，时刻都在挑战着骑行者的生理和心理的极限！人生如旅，也许只有经历了一些这样的极限挑战，我们方能更好地发现和认识一个真正的自我！

骑行的第20天，从玉曲河谷里的邦达小镇出发，眼前的大山，如油彩铺展的画卷，美则美矣，只是氧气稀薄，稍一用力，便让人气喘吁吁。邦达小镇的海拔已有4120多米了，再骑车爬坡，可谓是举步维艰，但是，既然选择了来感受别人无法感受到的诗意的浪漫，那就要承受别人无须承受的严酷的挑战！经过了约6个小时的拼搏，经受了山中一次次暴雨冰雹的袭击，终于骑上了海拔近4700米的业拉山垭口。下山的路，便是闻名于世的"72拐"，此路以"之"字形呈现于业拉山的一面坡上，从垭口直降到海拔只有2700多米的怒江边，落差约2000米。山雄路险，崖直道曲，骑行此间，怎能不让人意怯胆寒？下到了怒江之畔，临水而立，只觉峡幽谷深，云峰耸天；浑浊的江流，如愤怒的虬龙，吼如雷鸣般地撕咬着壁立的江岸。有时，路滨洪涛；有时，路悬危岩。有一铁桥，横架于江峡的极窄处，桥头的石壁上写着四个血红的大字："怒江天堑"！此时，此处，此情，此景，这四个字，用得真是恰到好处啊……

经过了整整30天的骑行，终于来到了圣城拉萨，当我抬头看到雄踞于红山之巅的布达拉宫的那一刻，我的胸中骤然间盈满了一种无法诉诸语言的喜悦，而我的心则像一朵金色的莲花盛放在这喜悦里，耳边仿佛有一个

声音在对我说：在每一个人的心灵深处，谁没有一个渴望抵达的圣城？只要你不畏艰险，一往直前，抵达圣城，将不过是早晚的事情！

吴地越山

得道的禅师，常常用"到江吴地尽，隔岸越山多"之句，让初入禅林者来参悟字句中的意蕴和玄机。自唐末诗僧释处默偶得此诗之后，便被历代文人墨客吟赏玩味不已。苦瓜和尚石涛，在他的《画语录》中，更是把这一联语，看作是画品之极韵，丹青之臻境。可见此寥寥一语，不知道破了多少的玄关禅机啊！

我也特别喜欢这一意在言外、机在句中的诗联，有事没事，常常拿来吟咏体味，吴地越山，你说是一水相隔，还是一水相连？同样的一个话头，就看你参的是死句还是活句了。一个"隔"字，可能会使你心地顿冷，寒意透骨，一江两岸，瞬时如霜降雪袭，满目萧然；而一个"连"字，则会让你胸中块垒顿消，意畅神爽，吴地越山，晔若春敷，生机盎然……

许多朋友，常常感叹："人生若只如初见。"其实，人生就是一个修行与参悟的过程，只有在我们真正地恋过、爱过，经历过其间的磨砺，承受过情欲之火的熔炼，品尝过酸甜苦辣的种种滋味，我们才能彻悟爱的真谛，参透生命的意义。情缘如水，世事如棋，乾旋坤转，斗换星移，一切都在变化之中，我们岂能作茧自缚？如果天下的情，都止于初见，那么，爱，还有什么价值？一个不曾被爱火灼痛过的诗人，他能写出"人生若只如初见"这样隐大爱于清句中的诗行吗？所以，我最爱的一句，便是仓央嘉措的："留人间多少爱，迎浮世千重变，和有情人，做快乐事，别问是劫是缘。"

我非常喜欢仓央嘉措的这份只重过程、不在意结局的洒脱！

爱，只须爱得无怨无悔，便能活得心清气朗，一旦纠缠于因花果结，必将溺心于天污地浊的惑境之中；此处吴地尽了，依然还有越山在向我们呼唤，何必惧于其间的盈盈一水呢？失恋也好，失败也罢，让曾经的爱恋，都化成一首感恩的诗吧；让曾经的奋斗，都化成一支激越的歌吧。如果我们渴望成长、成熟、成功的话，那么，我们最终将悟得：自己所经历的一切一切，都是上天送给自己的最美妙的机缘，何劫之有？

香格宗之夜

在这个神秘的夜晚，命运之神把我这个流浪者，引领到了川藏线上、大香格里拉腹地的一个宁静的小山村——香格宗！

我独自一人，悄无声息地坐在藏胞兄弟泽仁郎甲的门前，整个世界，仿佛陷入了无边无际的黑漆漆的虚空之中，我仰望天空，知道云的帘幕，正阻断着星星投向大地的好奇的目光……

黑暗中，我听到了来自村前的那条溪流的歌唱，这从远古直唱到今天的歌谣，穿透岁月，曾在多少人的耳鼓上振荡？我来了，我还要去，就像那些曾痛饮过你的清漪的人们，你可还曾记得他们的音容？我是你的一个过客，也许，你不会在意，可我这个流浪者，却会把你的歌声，永远地铭记在心灵的深处！

黑暗里，我听到了牛儿的低吟，那哞哞的鸣声里，是充满着爱的呼

唤，还是衷肠的倾诉？是对山野的渴望，还是迷途的寻觅？我们人类，总是在不断地追寻着生命的意义，那么，这些以自己独特的语言表达着自我的生灵们，是否也在寻找？

风，像造化手中的一把扫帚，转眼间清除了天空中的最后一片云翳，朗朗的星光，让紧拥着村庄的大山，有了绰然可辨的轮廓，朦胧之中，那映衬于湛蓝天宇的曲线，更有了诗意的幽韵，静静地凝望之中，心中会涌起阵阵说不出的感动！厚重的山岳，她含精吐华，为每一株小草和每一棵树木，提供了安身养命之地，为我置身的这个小山村里的藏胞，提供了不尽的滋养，让他们能得以世世代代地休养生息于此，也为我这个偶尔流浪于此的不速之客，提供了庇护之所……

天空蓝得透人魂魄，星星仿佛一直都在用她神秘的光语，试图与我交谈，也许，真的有那么一个时刻，我听懂了，她们好像在说："造化所缔造的一切，皆有存在的意义，你之所求，所经历，所涉猎……无不是这意义存在的体现，灵魂的使命，便是让生命之光，淋淋漓漓地辉耀于天地之间，只有这样，你才会活得心安……"

在这个宁谧的香格宗之夜里，我静静地聆听着天语，像一个躺在母亲怀抱里的孩子，安静地听着母亲喃喃的细语，可我的灵魂，却在燃烧！

拉萨，我来了

经历了川藏线2400公里、整整一个月的激情浪漫而又艰辛卓绝的骑行，我终于来到了自己心中的圣城——拉萨，看到了代表着她无限荣光的布达拉宫，看到了肃穆的宫墙托起的辉耀青天的金顶！

我来了，我真的来了！这不是梦，不是高原缺氧所产生的幻觉，因为那座雄踞于布达拉山之巅的红色圣殿，就耸立在我的身边！

这条朝圣的路，不知连着多少人热切的向往，但那一路的重重险阻不知也曾让多少人望而却步。高原之上，那一座座考验着人们的信心、意志、毅力、虔诚和灵魂的大山，还有那挑战着每个人生理和心理极限的漫漫长途，都横亘在那里，这让每一个骑行者无可回避！

不管这一路承受了多少的磨砺，拉萨，我来了！我用自己的双脚带动的车轮，丈量了川藏线上的每一寸的途程，完成了我人生岁月里的一次真正的具有朝圣意义的壮举。当我的目光投向布达拉之巅的时候，我看到了神的微笑，因为她知道我在心灵里，感悟到了比骑行更高远的东西……

其实，在我们每一个人的灵魂深处，谁没有一座渴望抵达的圣城？骑行者不过是用他们的骑行，创作了一则寓言，他们渴望告诉读者的就是：只要你不畏艰险，一往直前，抵达圣城，将不过是早晚的事情！

有人把玩命运，有人被命运把玩。当我们主动地去接手自己本可置之度外、冷漠以对的挑战时，我们就进入了把玩命运的程序里，这个程序，可以是一次旅行或骑行，可以是一生的成就卓越、铸梦成真的奋斗。如果你不去主动地把玩命运，就一定会被命运把玩，玩与被玩，角色的转换，就在我们的一念之间！

后记

　　当书翻到这一页的时候，你和作者的一场文字里的幸会，就要落下帷幕了，但是，抚卷而思，那些妙韵独出、响逸调远的长句短章，一定还会萦绕于你的心头，让你频频回首，不忍说一声再见，不为别的，只为那文字里透纸而溢的阳光，还在温暖着你的心灵……

　　有些机缘，让你得到了一个情谊契合的朋友，让你的心在彼此的倾诉中从此不再孤独；有些机缘，让你读到了一本难以忘怀的好书，细细地品读之中，你会发现自己的心也像一颗音符一样，跳动在书中那如曲如歌的旋律里，你的灵魂正与作者的灵魂，踏着和谐的节奏，翩翩共舞……

　　人活于世，谁不渴望自己的心情每天都像花朵一样，在阳光下灿烂地绽放？往往心由境起，境心相依，当我们在一幅画前怡然流连的时候，你一定也能感受到画师的笔墨里，正跳动着他的那颗对美无限追慕的心；当我们在为书中那一行行磅礴大气、意蕴悠长的文字一唱三叹的时候，我们一定也能感受到作者在咳唾之间，倾注了自己气宏意浩的灵魂！

　　美的作品，总能唤起我们如诗的心情。

　　凡是到埃及见过金字塔的人，无不被她那雄势卓姿的奂美所深深地折服，让你对人类伟大的创造由衷地赞叹和感动。就是这样一座座创意非凡、惊艳世界的建造，历史学家希罗多德，竟认为是由被皮鞭驱使的奴隶们修造的。后来，瑞士的一个叫塔·布克的钟表匠，在游历埃及看了金字塔后，竟然语出惊人地在留言簿上写下："我敢断言，金字塔的建造者，绝对不是奴隶，而应该是一批有着坚定信仰和快乐心境的自由人！"当然，一个钟表匠的话，在当时并没有引起人们多大的注意。

　　时隔400年后的2003年，埃及最高文物委员会宣布：通过对吉萨附近600处墓葬的发掘考证，金字塔是由当地具有自由身份的农民和手工业者建造的，而非希罗多德在《历史》中所记载的由30万奴隶所建造！

　　这一结论，又让人们想起了第一个断言金字塔是由心情快乐的自由人所建的瑞士钟表匠：他是凭什么做出这样断言的呢？后来，埃及国家博物馆馆长多玛斯，通过大量的研究，终于找到答案。

　　1536年，塔·布克因反对罗马教廷的刻板教规而被捕入狱，因为他是有名的钟表匠，入狱后被安排去制作钟表。在那个被强制劳作的地方，无论狱方采取什么手段，他都不能制作出日误差低于1／10秒的钟表，而入狱前在自己的作坊里，这误差都低于1／100秒。起初，布克以为是制造环境使然，后来，他越狱逃往日内瓦，才发现真正影响钟表准确度的不是环境，而是制作钟表时的心情！所以，当他看到金字塔如此浩大的工程，竟然建造得那么精致和完美，各个环节都衔接得那么天衣无缝，所以，他忍不住叹道：真难想象，一群有着懈怠行为和对抗思想的人，能让金字塔的巨石之间连一片刀片都插不进去！这样的杰作，只有那些怀有虔诚和愉悦之心的自由人才能完成！创造者的灵魂之光，就闪现在金字塔那让人意快神畅的绝美之中啊！

　　金字塔的建造是如此，作家的创作，又何尝不是这样？文字里藏不住作家的心情和灵魂，就如那金字塔，藏不住建造者的虔敬和欢愉一样！

　　美，永远是心灵最好的滋养品！书籍之美，尤其如此！亲爱的朋友，在掩卷之时，你那春风浩荡的心灵里，是否正盛开着诗意的花朵？愿你天天都拥有如诗的心情，如歌的快意！

王飙

2015年春